HEIKE-MELBA
FENDEL

ZEHN TAGE IM FEBRUAR

Blumenbar

HEIKE-MELBA
FENDEL

ZEHN TAGE IM FEBRUAR

ROMAN

Blumenbar

MEINER MUTTER

»Home is where you come when you run out of places.«

Barbara Stanwyck in »Clash by Night«

TEIL EINS

EINS

Als ich ein paar Stunden vor der feierlichen Eröffnung der Filmfestspiele nach Hause komme, ist der Mann nicht da. Die sorgsam formatierte Nachricht hat er mit Bleistift auf den Notizblock geschrieben, von dem wir samstags die Einkaufsliste für den Biosupermarkt abreißen: »Ziehe für zehn Tage zu Sepp, das ist besser für uns beide.«

Sepp ist ein Linguist, der über die Handhabung von Plural und Nichtplural in unterschiedlichen Sprachen promoviert hat. Warum es etwa im Englischen »The Police are coming« heißt, im Deutschen aber »Die Polizei kommt«. Der Mann findet das interessant. Eine ordentliche Stelle hat der Sepp trotzdem nicht. Dafür ein Gästebett in seiner Zweizimmerwohnung im Wedding.

Den Block hat der Mann auf der Schlüsselablage im Hausflur platziert. Damit ich gleich Bescheid weiß. Damit ich nicht »Hallo!« in das leere Haus rufe, während ich meine Handschuhe ausziehe.

Ich rufe aber nie »Hallo!«, ich trage keine Handschuhe, und Bescheid weiß ich keinesfalls, nachdem ich diesen Satz gelesen habe, den er ohne Gruß und ohne Unterschrift fest auf das Papier gedrückt hat.

»Besser für uns beide.« Ich werfe meine Tasche in den Flur und nehme seine Notiz mit ins Esszimmer. Das Frühstück hat er abgeräumt, den Tisch abgewischt. Ich rücke die Tischdekoration zurecht, sinke auf den Stuhl und blicke ins Leere.

Gestern Abend sah der Mann wortlos fern, als ich aus dem Büro kam. Ich begann, an den blau-gold changierenden Georgettegardinen zu zupfen. Schön sind sie, wie alles in unserem Haus. Ich zupfte die Gardinen an den Fenstern Richtung Adolf-Scheidt-Platz, dann trat ich hinter das Mogensen-Sofa mit den golden schimmernden Polstern, die ganz wunderbar mit den Gardinen harmonieren, und zupfte dort weiter.

Für den wuchtigen Körper des Mannes ist es kein geeignetes Sofa, das ich da ausgesucht habe. Es ist hübsch, aber fragil. Der Mann hat sich darüber nie beschwert, er beult es stillschweigend aus.

Er kritisiert mich selten, damit ich aufhöre, ihn zu kritisieren. Dabei mag ich Kritik. »Oh«, sage ich, wenn sie ihm doch einmal unterläuft, »Oh, danke! Das stört dich also, dann lasse ich es.«

Ich meine das. Ich will ja nicht so bleiben, wie ich bin. Weil er aber im Großen und Ganzen so bleiben will, wie er ist oder mindestens wie er sein Selbstbild scharfgestellt hat, will er auch keine Korrekturen an mir einfordern. Dabei würde ich dieses Zupfen sofort und für immer unterlassen, wenn er nicht stur auf den Fernseher starrte. So aber zupfte ich weiter hinter dem Sofa herum, das er ausbeulte, ohne mich zu sehen.

Weil er mich nie sieht. »Nie« und »immer« soll man in Beziehungen ja nicht sagen. Ich sage beides ständig, meiner Unruhe wegen. Werde ich unruhig, verschiebt er mich in seinen toten Winkel. Immer ist das so. Nie ist das anders.

Unsichtbar, wie ich bin, muss ich mir Gehör verschaffen. Ich schreie und schreie, aber so ein toter Winkel ist auch mit Gebrüll nicht wiederzubeleben.

Ich solle mir mal zuhören, sagte er. Wenn ich mich doch nur selber hören könnte. Er unterschätzt mein Gedächtnis.

Einmal hat er mein Geschrei heimlich mit dem iPhone mitgeschnitten. Ich bestand darauf, dass er das löscht. Er versprach es. Ich glaube nicht, dass er es gemacht hat. Er braucht Belege technischer Art. Er braucht Beweise, die über das Erinnern triumphieren, das er nicht beherrscht. Geschehenes entgleitet ihm, wie ich einer Version von mir entglitten bin, die ihm Freude gemacht hätte, weil sie ihm mit Respekt begegnet. Diesen Respekt wirklich zu genießen hätten ihm seine Selbstzweifel allerdings rasch vermiest.

Der Abend war im Eimer, die Nacht blieb ohne Versöhnung, und heute Morgen ging dem Mann der letzte Rest Zuversicht verloren. Vor seinem Herman-Miller-Schreibtisch auf die Knie gerutscht, schluchzte er haltlos. Dann musste er los. Er hatte zu tun.

Ich hole meinen Rechner an den Esstisch, klappe ihn auf und starre auf das vierfarbige Microsoft-Logo, als sähe ich es zum ersten Mal. »Besser für uns beide.«

Ich werde nicht gern ungefragt in Irrtümer eingebunden.

Sein Handy wird er ausgeschaltet haben. Er weiß, ich denke mir Zahlen aus, einstige Hausnummern, mein Alter bei unserer ersten Affaire, sein Alter bei unserer neuerlichen Begegnung, Jahre später. Oder eines mit dem anderen addiert. Genauso oft rufe ich dann an. Das ergibt lustig viele angezeigter Anrufe in Abwesenheit. Er glaubt, ich sei hysterisch. Ich finde, er denkt zu symmetrisch.

Zehn Tage Berlinale gleicht er mit zehn Tagen Abwesenheit aus. Dezimalstrafe. Weil ich mir an allen zehn Fingern hätte abzählen können, dass es einmal so weit kommen würde, wenn ich nicht lerne, mich zusammenzureißen.

Kann er haben, jetzt, wo er weg ist. Ich schiebe das Drama beiseite an diesem Esstisch – einem Dieter-Rams-Tisch übrigens –, widme mich meinen E-Mails und tippe Ratschläge und Instruktionen in den Rechner. Finde Argumente für das gelbe statt des schwarzen Kleides als eindeutig bessere Wahl für den Auftritt auf dem roten Teppich, stocke ein Budget auf und lobe den Lieblingsmitarbeiter.

Wie sehr es den Mann freuen würde, wenn ich es mit ihm ähnlich professionell anginge.

Will ich aber nicht. Ich will 111 Anrufe in Abwesenheit. Ich will schreien, bis der Hals schmerzt, bis der Nachbar zur Rechten denkt, ich würde abgeschlachtet. Das ist besser für uns beide.

Regelmäßig bearbeitet der Mann die Hecke vor den Fenstern des Esszimmers mit der Kettensäge dieses Nachbarn, besonders intensiv, nachdem wir uns gestritten haben. Die brutal rasierte Heckenlinie gibt den Blick frei auf die Bushaltestelle der Linie 248, die, wenige Stopps entfernt, am Südkreuz ihren *Ziel- und Endbahnhof* erreicht. Die Häuser entlang dieser Strecke haben sich vom einheitlichen Siedlungsbau der zwanziger Jahre verabschiedet. Entstanden sind individuell gestaltete Eigenheime – sehr zum Entsetzen professioneller Konservatoren wie auch dem der Hobbysanierer vom Tempelhof e. V., dem der Mann rasch beigetreten ist.

Diese Eigenheime sind allesamt Varianten unseres Hauses, bewohnt von Menschen mit Varianten der Hoffnung, die sich mit dem Ratenkauf solcher Häuser verbindet: Hier ein bisschen erfüllter das gemeinsame Leben, dort ein wenig näher am Irrtum gebaut. Hier verwunschen der Garten, dort verwahrlost, und übermorgen pflanze ich einen Apfelbaum.

Das heißt, ich werde den Mann bitten, den Apfelbaum zu pflanzen, wenn er wieder da ist. Er macht gern Dinge, die einen Anfang und ein Ende haben und dazwischen viel von seiner großen Kraft brauchen.

An der fleischfarbenen Fassade mit dem flächig abgeplatzten Putz wäre auch noch einiges zu tun. Keinesfalls jedoch bei diesem Dauerfrost, hat der Mann mir erklärt, als ich ungeduldig wurde. Deswegen schimmelt auch das Souterrain mit dem farbverkleckstenHobbyraum weiter vor sich hin – auf Tauwetter können wir lange warten.

Mein Bestreben gilt ja gar nicht der Sanierung der schadhaften Fassade oder der Trockenlegung der Grundmauer, sondern deren heilender Wirkung auf uns.

Er wird wiederkommen. Das tut er immer. Ich ja auch und das sehr schnell. Nicht im Bösen einschlafen, lautete die bisherige Regel. Für die kommenden zehn Tage hat er bestimmt eine neue Regel aufgestellt. Wahrscheinlich hat sie etwas mit Notwehr zu tun. Oder Selbstschutz.

Ich klappe den Rechner zu. Ich lasse mich nicht verlassen.

Auf der gegenüberliegenden Straßenseite fahren die Busse bis Ostbahnhof. Sie passieren mein altes Zuhause am Strausberger Platz, den alle mit »ß« schreiben. Dort presste ich jeden Morgen nach dem Aufwachen meinen Körper gegen das bodentiefe Glas des Schlafzimmerfensters und ließ den vierspurig strömenden Verkehr auf mich wirken wie James Spader und Deborah Kara Unger in David Cronenbergs »Crash«.

Die Fahrzeuge umrundeten Fritz Kühns Brunnenanlage mit ihrer Meter hohen Fontäne, deren Gischt bei Windgang wie Weihwasser über die selten gemähte Rasenfläche hinaus auf die Fahrbahn stob. Es gab wenige Kinder und keinerlei Kitas am weitläufigen Strausberger Platz, die Anwohner waren zu alt. Oder zu jung.

Am Adolf-Scheidt-Platz wird seit jeher viel gebrütet. Ein Brünnlein wurde zwischen den Weltkriegen zur Bekräftigung dieser Tatsache in seiner Mitte installiert. Eine Betonsäule sondert am unteren Rand tröpfelnd Wasser in ein kleines Becken ab, als hätte sie es an der Prostata. An den oberen Rand schmiegen sich nackte Gipskinder, als wollten sie nicht heim in die umliegenden, individuell gestalteten Häuser, zu den individuell gestalteten Problemen. Vielleicht fürchten sie ja auch den Klapperstorch, der ganz oben an der Säule, den Schnabel himmelwärts, in seinem Betonnest hockt, um beständig weitere kleine Tempelhofer zu produzieren.

Die Schulkinder, die jeden Morgen lärmend von der U-Bahn-Haltestelle Paradestraße an dem Brunnen vorbeilaufen, können mit der Mär vom Klapperstorch wahrscheinlich ebenso wenig anfangen wie offenkundig mit dem Konzept Abfalleimer. Auf die neben unserem Garten verlaufende Promenade werfen sie angebissene Schulbrote, auf die angrenzende Wiese spucken sie Kaugummifladen. Oder sie zielen mit leeren Müllermilch-Bechern auf unsere altersschwache Katze.

Die hatte einige wenige glückliche Wochen im neuen Heim erlebt, bevor sie auf unserem sorgsam vertikutierten Rasen von einem Fuchs angefallen wurde. Seither torkelt sie desorientiert gegen Zäune und Türrahmen. Meistens jedoch liegt sie in unserem Schlafzimmer auf dem Bett, ihrem Stammplatz, auf den der Mann sie sicher noch gehoben hat, bevor er die Nachricht schrieb. Er mag Tiere. Er ist freundlich.

Manchmal kommen uns Nachbarskinder besuchen, weil wir im Grunde unserer Herzen ja beide freundlich sind. Wir geben ihnen stets kleine Geschenke mit auf den kurzen Heimweg. Als Dankeschön legen sie Zeichnungen voller Sonnen und Herzen in unseren Briefkasten.

Auch zwei Zeuginnen Jehovas, eine ältere und eine jüngere Dame mit praktischen Frisuren und langen Röcken, kommen häufig wieder, seit ich sie kurz nach unserem Einzug für Nachbarinnen gehalten und auf einen Kaffee hereingebeten hatte. Den »Wachtturm« mit den erdfarbenen Illustrationen legte ich auf die Fensterbank des Gäste-WCs, wo bereits eine Kerze mit Papst-Wojtyla-Applikation samt Heiligenschein stand.

Alles passt zu allem in diesem Haus. Nur wir nicht zueinander, sosehr wir es wollen, denke ich mit Blick auf die Hecke, deren massakriertes Astwerk unter der gefrorenen Schneeauflage verborgen bleibt wie der Schnabel des Klapperstorches am schrecklichen Brünnlein.

Mutlos schüttele ich den Kopf und stelle mir vor, wie auch Jane ihren Kopf schütteln würde, wenn sie all das sähe. Vielleicht werde ich ihr ja bei unserem Wiedersehen davon erzählen. Wir werden uns wiedersehen: Denn der Mann ist weg, aber Jane kommt.

Ahnungslos bin ich vor 16 Tagen zum »Haus der Pressekonferenz« geradelt, wo der Direktor der Berlinale 600 Journalisten das bereits in weiten Teilen bekannte Programm vorstellte. Hinter der letzten Stuhlreihe filmten Kamerateams über die Köpfe der schreibenden Kollegen hinweg, wie sie es ab morgen bei den täglichen Pressekonferenzen im ersten Stock des Hyatt tun werden, wo Macher und Stars Fragen zu

Film oder Rolle oder – wenn es blöd läuft – zu Figur und Frisur beantworten werden.

Wir nahmen zur Kenntnis, welche Gäste zu den jeweiligen Filmen erwartet werden und welche Produkte die Sponsoren, die der Direktor »Partner« nannte, bereithalten. Diese Partner wurden, in Anwesenheit ihrer in der ersten Reihe sitzenden Marketingchefs, noch einmal ausgiebig gelobt für ihr Engagement.

Und dann das: Mitten in die Verkündigungen, die Versprecher, die Floskeln und die Danksagungen, mitten in den connaisseurhaften Zynismus, mitten in die eigene zirkuspferdhaft fröhliche Grüßerei und Plauderei fiel ein keinesfalls vorab verkündeter Name: Der Festivaldirektor sagte, sie würden eine großartige Miniserie einer bedeutenden Regisseurin und Oscar-Preisträgerin vorstellen.

Wir freuen uns sehr, sagte er, und man mochte es angesichts seines Varieté-Tremolos beinahe glauben, wir freuen uns auf – Jane Campion.

ZWEI

Alle dachten, ich würde mit mindestens einem der beiden Männer aus unserer WG im Kölner Friesenwall schlafen. Mit dem blonden Bruno oder dem kritischen Hagen. Aber Bruno schlief mit Männern, und Hagen mochte mich auch so.

Beide behandelten die Männer, mit denen ich wirklich schlief, sehr freundlich, wenn sie am Frühstückstisch unserer Gemeinschaftsküche aufschlugen. Manchmal fanden sie jemanden besonders nett und sagten das auch. Ich sagte »Mmh« und schleppte weitere Kandidaten aus dem *Morocco* oder dem *Colombo* an, wohin ich in kurzen Kleidern tanzen ging, wenn ich nicht selber hinter der Bar in irgendeiner Disco Longdrinks ausgab, die Schuhe zu hoch für die langen Stunden, aber der sich während der Schicht intensivierende Schmerz schien mir deutlich vernünftiger als das Tragen praktischer Schuhe.

Hagen hatte ein Beuteschema: magere Blondinen mit spitzen Nasen und schnippischem Mund. Mich verblüffte, dass es für diesen Frauentyp in Köln einen so reichen Fundus gab, aber mehr noch verblüffte mich das Prinzip Beuteschema. Ich war ganz und gar nicht festgelegt, sondern reagierte auf Angebote. Wählerisch zu sein kam für mich dem Vorurteil sehr nah.

Ich schlief lange, frühstückte ausgiebig und schaute ab und zu an der Uni vorbei. Wenn eine Vorlesung interessant klang, setzte ich mich in den Hörsaal, egal in welcher Fakultät.

Scheine machte ich ohnehin nicht, weil ich keinen Magister-Abschluss anstrebte. Nicht so sehr der Scheine sondern des nachzuholenden Latinums wegen. Dafür war mir meine Zeit dann doch zu schade.

Es gab oft Besuch im Friesenwall. Die Leute klingelten unangemeldet an unserer Tür, weil fast immer jemand aufmachte und alle viel Zeit hatten. Manchmal brachten sie Bier oder etwas zu rauchen mit, meistens jedoch brauchten sie unsere spärlichen Vorräte auf.

Eine »The-Fi-Fe«-Studentin zählte zu unseren Dauergästen. Ich hatte sie in einem Seminar über Asta Nielsen auf ihre Leopardenleggings angesprochen, und wir verstanden uns recht gut. Sie ging regelmäßig ins »PAM-Kino«, um vergleichende Studien an Pornofilmen vorzunehmen. Weil man dort, juristischer Spitzfindigkeiten wegen, nicht für den Film, sondern für Pralinen zahlte, schenkte sie uns regelmäßig diese Schachteln mit. Die Pralinen schmeckten scheußlich, aber irgendjemand aß sie immer auf.

Einmal brachte sie eine Bekannte mit. Andrea wollte Schauspielerin werden und nahm Unterricht im Theater »Der Keller«. Ich fand sie toll, sie gehörte nicht zu uns. Vom allgemeinen Geplänkel am Küchentisch nach kurzer Zeit gelangweilt, stand sie auf und dankte für die Gastfreundschaft. Ich bot an, sie zur Tür zu bringen.

»Komm doch mal ins *Broadway*«, sagte sie »Ich lege da die Filme ein.«

Das Broadway-Kino lag um die Ecke unserer Dreier-WG in der Ehrenstraße. Es hatte erst vor kurzem eröffnet und zeigte Kunstfilme. Bislang war ich nie dort gewesen, aber von nun an guckte ich, Andreas wegen, alle Filme im Programm.

Bei jeder Begrüßung im Foyer stippte sie erst ihre Maria-Schneider-Brüste heftig an mich und bugsierte mich dann ohne Ticket in den Saal. Ab und zu besuchte ich sie in ihrer kleinen Wohnung in der Südstadt.

Dort brachte sie mir Atemübungen bei und spielte ihr Lieblingslied auf dem kleinen Plattenspieler: »Es geht der Dolly gut/sie sitzt in Hollywood/an einem Tisch/mit Lilian Gish«. Dazu vollführte sie wilde Tänze, und ihre smaragdgrünen Augen funkelten vor Begeisterung.

Andrea erzählte mir von Filmen, die nicht im Broadway liefen und auch sonst nirgendwo in Köln. Die wollte ich sehen und bestimmt nicht auf VHS. Gemeinsam durchforsteten wir also das Berliner Kinoprogramm im TIP und stießen in einem Kreuzberger Kino auf eine Mitternachtsvorstellung von Coppolas »Der Pate«, Teil I und II, am übernächsten Tag.

»Du hast nie den ›Paten‹ gesehen?« Andrea konnte es nicht fassen, und ich schämte mich. Sie hatte beide Filme je siebenmal gesehen. »Sie-ben-mal« wiederholte sie und formte die Sieben zusätzlich mit gespreizten Fingern.

»Okay«, ich wusste, was ich zu tun hatte: »Ich fahre da hin.«

Andrea lachte. Dann wurde sie ernst und sagte beschwörend: »Filmen darf man hinterherreisen, Theateraufführungen und Ausstellungen auch. Männern niemals. Hörst du? Niemals.«

Sie gab mir häufig Ratschläge, dabei war sie kaum älter als ich. Genau wusste ich das nicht, weil Andrea über ihr Alter schwieg. Denn, noch so eine Weisheit von ihr: »Das Alter muss man abschaffen, bevor man anfängt, unter ihm zu leiden.«

Am nächsten Morgen ging ich zur Mitfahrzentrale, sie befand sich in einem kleinen Ladenlokal in der Nähe des Barbarossaplatzes. Ein Mann mit runder Nickelbrille saß, selbstgedrehte Zigaretten rauchend, an einem Tapeziertisch. Er zog etliche rosa und hellgrüne Karteikarten aus vergilbten Plastikboxen bevor er mir einen Fahrer für den kommenden Tag zu teilte.

Der war leider nicht bereit, mich am Friesenwall abzuholen, und bestand auf einer Seitenstraße in Ehrenfeld als Treffpunkt, wo er mit seiner polnischen Ehefrau lebte. Ausführlich erzählte er von ihrem heftigen Temperament und diversen Problemen mit dem gemeinsamen Sohn, bis ich am AKW bei Hamm-Uentrop endgültig einschlief und – nach kurzer Unterbrechung durch mürrische Grenzsoldaten – erst am Berliner Nollendorfplatz wieder zu mir kam.

Dafür verharrte ich während der 375 Minuten langen Vorführung beider »Paten«-Teile hellwach auf meinem Klappsitz, bis ich um acht Uhr morgens mit einem Dutzend Italienern aus dem Sputnik-Kino in das erwachende Kreuzberg heraustrat und in die Märzsonne blinzelte.

Schön war es hier. Die üppigen, frisch gestapelten Auslagen der türkischen Gemüsehändler leuchteten in Ampelfarben. Jede Sekunde könnten sie vor meinen übernächtigten Augen von Maschinengewehrsalven irgendwelcher Mafiosi zermatscht werden, während desorientierte Schäferhunde tödlich getroffenen Punkern das Blut von den schmutzig weißen Unterhemden leckten.

Ich kaufte mir eine Ananas. Viel mehr als die zwanzig Mark für die Rückfahrt blieben mir nicht, aber ich war noch nicht bereit für das friedliche Köln. Ich blätterte in meinem Adressbuch und suchte die wenigen Berliner Bekannten, die darin notiert waren. Alle wohnten sie in Kreuzberg.

Zweimal stand ich vor verschlossener Tür. Der dritte reagierte auf mein Klingeln und ließ mich baden und ausruhen, bevor er sich mit einem Joint ins Bett legte und in einer ziemlich zerfledderten Ausgabe von Klaus Theweleits »Männerphantasien« las. Umstandslos bot er mir das Sofa für die kommende Nacht an und gab mir einen Schlüssel.

In Kreuzberg wohnten nur Penner. Ich wollte durch das deutlich schickere Charlottenburg flanieren und etwas erleben. Auch wenn die spitzen weißen Lackschuhe es erschwerten, ging ich den ganzen Weg zu Fuß.

Ich wusste, es würde etwas passieren, das tat es immer. Allerdings dauerte es doch lange, und der fehlende Schlaf ließ mich schwach und ein wenig mutlos werden bei dem langen Marsch durch den Tiergarten.

Auf der Bleibtreustraße lief ich in der deutlich früher als in Köln einsetzenden Dämmerung einem fremdländisch aussehenden Mann in die Arme.

»Wie geht's?«, fragte er. Er hatte tiefgraue Schatten unter den Augen. Ich sagte, ich sei müde, und ich erzählte ihm, warum. Er war begeistert. Ah, »Der Pate«, den habe er bestimmt fünfmal gesehen.

Ich sagte, ich sei aus Köln. Er komme aus Kuwait, erwiderte er. – Ein Scheich also. Ob ich Hunger hätte? Er sei ganz in der Nähe verabredet, sagte er und lud mich ein mitzukommen. Vor einem im Souterrain gelegenen Restaurant namens »Habibi«, blieb er stehen und bat mich, einen Moment zu warten.

Er kehrte mit einer Stofftasche zurück, aus der er einen schwarzen, mit goldenen Pailletten bestickten Kaftan zog. Er überreichte ihn mir mit bedeutungsvoller Miene und bat mich, sein Geschenk anzunehmen.

Auf sein Geheiß zog ich den klirrenden Kaftan im WC über mein Kleid. Er passte nicht zu den Schuhen, und ich bevorzugte deutlich engere Kleidung, aber warum nicht.

Um den sehr niedrigen Tisch voll kleiner Schüsseln mit matschigen Speisen saß eine Gruppe ebenfalls dunkelhäutiger Männer und schaute mich unbeteiligt an. Wir aßen mit den Fingern und sprachen wenig.

Zum Abschied gab mir mein neuer Freund, Scheich Alaa Sattar-Nija, seine Karte. Sie war aus weißem Büttenpapier. Name, Telefonnummer und Adresse waren erhaben in Goldbuchstaben geprägt.

»Du musst zum Cannes-Filmfestival kommen.«

Ja, das muss ich, dachte ich, als ich in das Taxi stieg und nach Kreuzberg zurückfuhr.

In Köln ließ ich mich am folgenden Tag von einem kooperativen Fahrer direkt vor der Wohnung meiner Freundin Marianne absetzen und klingelte Sturm. Ich erzählte ihr von meinem Abend mit dem Scheich und schlug vor, gemeinsam nach Cannes zu fahren. Jede Freundschaft brauche schließlich Abenteuer, versuchte ich sie zu überreden.

Sie war nicht überzeugt. Der fehlenden Akkreditierung und der zu hohen Kosten wegen. Marianne war sehr vernünftig, aber es zog sie zu Menschen, die es nicht waren.

Wir hatten uns auf dem Schulhof in der Raucherecke kennengelernt. Sie stand dort regelmäßig herum, dabei rauchte sie gar nicht. Erst Jahre später griff sie seufzend zu, nachdem ich ihr zum zigsten Mal eine *Camel light* angeboten hatte.

Inzwischen rauchte sie mehr als ich, weil eine Photographin ständig warten musste. Entweder auf die Menschen, die sie photographieren wollte, oder auf das Trocknen der Bilder dieser Menschen in ihrer Dunkelkammer.

Ich kriegte sie eigentlich immer rum, aber zwei Wochen Cannes waren keine Kleinigkeit. Die Scheichgeschichte machte es nicht besser.

»Aber guck mal«, sagte ich, »vielleicht gibt uns ja jemand einen, äh, Vorschuss, und dann können wir da bestimmt viel Geld verdienen. Du machst Photos von den ganzen Stars, und ich schreibe was. Und Hagen leiht uns bestimmt sein Auto, und der Scheich hat sicher viel Platz.«

Sechs Wochen später fuhren wir in Hagens orangefarbenem VW-Kombi an die Cote d'Azur. Auf der zwanzigstündigen Reise rauchten wir viel und redeten ununterbrochen. Ab und zu leerten wir den herausnehmbaren Aschenbecher entlang der Wegstrecke. Wenn mir auf den Bergstraßen übel wurde, schlief ich ein und überließ mich Mariannes Fahrkunst. Einmal schrammte die Beifahrerseite einen Felsvorsprung an einer engen Kurve.

»Versicherungsfall«, murmelte ich, als wir den Blechschaden betrachteten.

Wir parkten den lädierten Kombi auf der Rue d'Antibes oberhalb der vollgesperrten Croisette, die sich in sanftem Bogen die Küste entlangzog und schminkten uns vor dem Rückspiegel. Auf dem Weg zum Palais du Festival kamen uns zahlreiche Passanten entgegen, denen in Plastik eingeschweißte Akkreditierungen vor dem Solarplexus baumelten. Über der Schulter trugen sie schwarze Synthetiktaschen mit dem Schriftzug des Festivals.

»Du hast den Wisch?« Marianne nickte. Natürlich hatte sie

ihn. Sie verlor nichts. Sie vergaß auch nichts. Nicht einmal, all jene Dinge für mich mit einzupacken, von denen sie vermutete, ich würde sie vergessen.

Der »Wisch« war ein Empfehlungsschreiben in englischer Sprache. Auf dem Briefbogen war ein Logo der »Kölner Illustrierten«. Einer Zeitschrift, die es nicht so richtig gab. Eigentlich gar nicht. Im Juli erst sollte die erste Ausgabe erscheinen. Mit einer, nun ja, Reportage über das Filmfestival in Cannes. Deswegen setzte sich der Chefredakteur in spe in seinen handgetippten Zeilen an *to whom it may concern* wortreich dafür ein, dass wir eine Akkreditierung bekommen.

Selbst ich verstand, warum die schmallippige Französin am Schalter für die Presseakkreditierungen nicht recht von unserer Mission überzeugt war und ihren Chef hinzuzog. Der wandte sich mit abschließendem Seitenblick von uns ab und sagte laut vernehmlich: *»Je m'en fou.«*

Dass die Sache mit dem Scheich Quatsch war, hatte ich mir bereits gedacht, als sich der Kaftan bei näherer Prüfung durch die Inhaberin eines Second-Hand-Ladens als Billigware entpuppt hatte. Alaa Sattar-Nija war Journalist. Er teilte sich das möblierte Zweizimmerapartment mit einer Handvoll arabischer Kollegen. Es lag am schäbigen Teil der Croisette, weit hinter dem Hotel Martinez, das die offizielle Festivalmeile nach Süden abschloss. Marianne und ich schliefen auf schmalen Kinderpritschen, die den Durchgang zum Bad flankierten.

Weder Alaa noch seine diversen arabischen Mitbewohner traten uns zu nah, aber alle latschten ständig an uns vorbei. Einen eigenen Schlüssel hatten wir nicht, und die ständige Warterei vor dem Apartmenthaus nervte. Da traf es sich gut, dass wir inzwischen Bekanntschaft mit zwei Wiener Journalisten geschlossen hatten. Sie gaben irgendein Fanzine heraus, und in ihrer Festival-WG an der Rue d'Antibes waren zwei Matratzen unbelegt. Wir packten unsere Sachen, gaben dem offensichtlich erleichterten Alaa zum Abschied die Hand und sagten: »Vielen Dank für alles.«

Die Croisette war Laufsteg, Rummelplatz, Suchoberfläche und Arbeitsweg. Wie alle anderen rannten wir hin und her, Marianne mit zwei prallgefüllten Phototaschen, die sie nicht in unseren wechselnden Unterkünften zurücklassen wollte, ich mit Clutch. Vorbei an Carlton und Chanel, Majestic und Martinez, den Stellflächen mit Filmwerbung; an Karussells und Losbuden, Strandlokalen und Stretchlimousinen. Den Blick immer wieder zum Himmel gerichtet, wo kleine Flugzeuge zitternde Werbebanner durch den Himmel zogen.

Wenn wir nicht im Strom hin und her liefen, schmuggelten wir uns in die Suiten, die Restaurants, die Partys mit laxer Türpolitik. Wir schlossen Freundschaften mit Schnorrern wie uns und gingen auf Tuchfühlung mit jenen, die sich eingerichtet hatten – in ihren Funktionen, ihren im Vorjahr gebuchten Suiten. Im Geschäft also.

Leider hatte uns die Kölner Illustrierte zwar einen Brief, aber keine Spesen mit auf den Weg gegeben. Also trieben wir uns in den Pavillons am Strand auf Empfängen herum. Wenn es keine Empfänge gab oder die Türsteher zu streng waren, gingen wir auf die Terrassen und in die Bars des Carlton und des Majestic, wo ein Milchkaffee teurer war als meine Spitzenbluse aus dem Second-Hand-Laden und wo bei grün lasierten Nüssen und geizig portionierten Getränken Geschäfte gemacht und junge Frauen beäugt oder zu Drinks eingeladen wurden.

Wie die Milchkaffees wurden auch die Drinks umgehend von Kellnern in weißer Livree abkassiert, die mitsamt ihren hochgehaltenen Tabletts im Slalom um die vielen kleinen Tische mit den vielen Geschäftemachern glitten.

Die Terrasse war immerhin so riesig, dass auch wir beständig um diese Tische kurven konnten, ohne uns jemals auf die wenigen freien Plätze zu setzen und in die Verlegenheit zu kommen, etwas bestellen zu müssen. Bis ich den sympathischen Peter Weir erblickte, der soeben mit ein paar Damen Platz genommen hatte. Seinen Film hatten wir am Vortag gesehen.

Ich steuerte auf seinen Tisch zu, lächelte die Damen an – ein weiterer Rat von Andrea: Immer zuerst die Damen anlächeln – und sagte: »Ich möchte Sie interviewen.«

Er war wirklich nett. Er sagte nicht, ich solle ihn in Frieden seinen überteuerten, lauwarmen Kaffee trinken lassen oder mindestens etwas höflicher fragen. Er bat mich lediglich, am nächsten Tag in die Suite 213 im Majestic zu kommen, er wiederholte es freundlich: 2–1–3, dort säßen die Kollegen von der PR-Agentur. Dann fragte er, wie ich hieße, wiederholte auch das Gehörte zweimal und sagte, er werde die Pressebetreuer informieren.

An der Tür der Suite 213 strahlte uns ein junger Mann an und fragte, ob wir die von Herrn Weir avisierten Damen seien. Julian war eine Art besserer Türsteher bei einer mächtigen amerikanischen PR-Agentur. Das Wort »mächtig« hatten unsere neuen Journalistenfreunde verwendet. Sie meinten damit, dass Interviews mit großen Stars in diesen Büros im Majestic ermöglicht oder abgesagt wurden.

Julian knabberte an den Fingernägeln, wenn er sich unbeobachtet fühlte, und strubbelte sich das feste Haar senkrecht nach oben. Er merkte sich jeden Namen und war auch sonst von unerschütterlicher Freundlichkeit. Mit derselben Herzlichkeit, die er für etablierte Medienvertreter aufbrachte, erklärte er auch mir die Formalitäten zukünftiger Interviewanfragen und führte uns zu der zuständigen Kollegin im Innern, nicht ohne lächelnd darauf hinzuweisen, dass auch er zum ersten Mal in Cannes sei.

Die Kollegin teilte uns einen Interviewtermin für den Nachmittag zu, und – ein Blick auf Marianne – natürlich könne *la photographe* mitkommen.

Unsere Wiener Zimmergenossen hatten mir viele kundige Fragen zu diesem und den früheren Filmen Peter Weirs aufgeschrieben, und der zeigte sich erfreut über mein Hintergrundwissen. Das ebenfalls bei den Wienern geborgte Aufnahmegerät hatte ich leider falsch eingeschaltet und so die Aufnahme meines allerersten Interviews verhindert. Marianne verdrehte die Augen, aber ihre Photos waren bestimmt nicht verwackelt, und überprüfen würde die Zitate ohnehin keiner.

Am selben Tag ließ auch ich mich auch photographieren. Allerdings nicht von Marianne, die zu einem *Photocall* ins Majestic gegangen war, sondern am Strand. Ich hatte mich gerade in die Nachmittagssonne über der Croisette gelegt, als ein dünner Italiener mich ansprach. Sein Oberkörper war beladen mit Kameras, auf die riesige Objektive geschraubt waren. Er fragte freundlich, ob ich mit zum Steg kommen würde. Ich posierte linkisch und zupfte an meinem apfelgrünen Bikini herum.

»Ob ich vielleicht …?«, er zeigte auf mein Top und machte eine wegwerfende Bewegung. Wird schon niemand mitbekommen, dachte ich und folgte seiner Anweisung, als aus dem Nichts eine Horde weiterer Photographen auftauchte und mit einem Mal eifrig mitknipste.

Der Italiener fragte mich abschließend nach meinem Namen. Ich nannte ihm irgendeinen.

Es war mir zunächst ein wenig unangenehm, dem Bild des doofen Oben-ohne-Modells am Strand von Cannes entsprochen zu haben. Als ich, die hastig aufgesammelten Kleidungsstücke in der Hand, Richtung Hafen lief, musste ich aber doch lachen. Es war lustig, Teil eines Cannes-Klischees zu sein, das sich Jahr für Jahr aufs Neue fortschrieb. Ob nun mit mir oder ohne mich.

Ich schüttelte den Sand aus der Kleidung, zog mich hinter einem der Pavillons an und ging in das Untergeschoss des benachbarten *Palais du Festival.* Dort wurden an mit Filmplakaten gespickten Ständen Filme aus aller Welt in alle Welt verkauft.

Im improvisierten Vorführraum zeigten die Händler ihre Ware. Weil die Einkäufer sich in der Regel mit einer maximal zehnminütigen Probesichtung begnügten, herrschte reges Kommen und Gehen, auch in dem australischen Softporno, in den ich hineingestolpert war. Er fesselte mich nicht allzu sehr, aber ich blieb bis zum Schluss sitzen, weil ich fand, das gehörte sich so.

Ich hatte noch nie so viele Filme auf einmal gesehen, vier oder fünf an jedem der zehn Tage. Einige mochte ich, viele sagten mir nichts. Aber in Summe sagten sie mir etwas. Auch die Summe der Menschen, denen ich begegnet war, und alles, was ich mit ihnen erlebt hatte, sagten mir etwas. Zusammengenommen ergab es einen Sinn, verbanden sich Gesehenes und Erlebtes zu einer Schnittmenge. Diese Schnittmenge, begriff ich während der sehr unruhigen Marktvorführung, war jetzt mein Leben.

Die gesamte Rückfahrt über war ich unglücklich über das Ende der Filmfestspiele, zu aufgeregt für Köln, für Hagen und Bruno und die Klingelfreunde. Von der Uni ganz zu schweigen. Marianne war auch aufgeregt. Der lukrativen Bilder wegen, die sie in der Dunkelkammer entwickeln würde. Dunkelkammer – also eher in ihrem fensterlosen, dunkelgrün gekachelten Bad. Ihre Zigarette bis zum Filter rauchend, rechnete sie mir vor, oder vielleicht doch eher sich selbst, wem sie welche Motive würde verkaufen können.

Für unsere sechsseitige Reportage in der ersten Ausgabe der Kölner Illustrierten hatte ich »Die große Illusion« als Titel gewählt, dabei hatte ich Renoirs Klassiker nie gesehen. Mein Text bildete das Staunen der Novizin ab: Stellt euch vor! Ich erzähle euch, so geht es zu. Ich war dort, es gibt diese Welt, und es gibt mich in dieser Welt, und es gibt diesen Text, den ich über sie geschrieben habe.

Unter dem Text, gleich über meinem Namen, war ein Bild von mir abgedruckt. Briefmarkenklein, aber ich war es. Ich war dort gewesen. Und: Ich würde wiederkommen.

DREI

Am Abend drapiere ich die Haare zum Dutt und lasse eine nachtblaue Robe den schmal gewordenen Körper heruntergleiten. Ich mache mich fertig. Für den Teppich, den Eröffnungsfilm, die *After-Show-Party*. Das komfortable Bad ist mir zu komfortabel. Lieber im Gästeklo schminken, vor der Broschüre der Zeugen Jehovas. Er wird wiederkommen. Was sind schon zehn Tage!

Eine warme Jacke über das dünne Kleid ziehen, Stiefel über die nackten Füße streifen. Beides wird gleich, mit gebührendem Abstand zum roten Teppich, im benachbarten Hyatt zwischengelagert. Draußen ist es lächerlich kalt und gefährlich glatt. Der Mann hätte sicherlich angeboten, mich zu fahren.

Natürlich könnte ich ein Taxi bestellen. Will ich aber nicht, ich brauche Luft. Und Geschwindigkeit. Das klapprige Fahrrad liegt vor den Mülltonnen. Fünfzehn Minuten Fahrzeit gebe ich mir. Ab jetzt.

Die Stilettos mitsamt passender Clutch in die große Tasche stecken und notdürftig auf dem Gepäckträger befestigen. Den Notizblock mit der Bleistiftnachricht in den Biomüll schmeißen. Das Rad aufheben, Abendkleid schürzen, auf der überfrorenen Nässe ins Kippeln geraten. Auf die Manfred-von-Richthofen biegen – der Rote Baron, abgeschossen wie seine Kollegen aus den nach weiteren Erster-Weltkrieg-Piloten benannten Seitenstraßen.

Auf dem Mehringdamm herrscht dichter Verkehr am noch frühen Donnerstagabend. Die kriechenden Autos umfahre ich mitsamt den ständig auf Rot springenden Ampeln in nicht sehr elegant ausgeführten Schlangenlinien.

Absteigen ist für Feiglinge.

Der abschüssige Mehringdamm endet am LPG-Markt, zu dem wir samstags den Zettel mit der gemeinsam verfassten Einkaufsliste mitnehmen. Wir haben die LPG-Mitgliedskarte und bekommen Rabatt auf alles, was wir in den Einkaufswagen werfen.

Nach neun Minuten bin ich kurz vor dem Tempelhofer Ufer. Ich liege gut in der Zeit und will zum Endspurt ansetzen, als mich ein Polizeiwagen überholt und sich vor mir quer stellt.

Eine Beamtin mit herausgewachsenen Minipli-Löckchen steigt aus und schaut erst mich und dann mein Abendkleid prüfend an. Ihr Partner bleibt im Auto. Sie führen mir seit der Kreuzung Fidicinstraße/Mehringdamm hinterher, sagt sie.

Sie fragt nicht, ob ich weiß, warum sie mich angehalten hat. Das fragen die Kollegen immer, weil sie das so gelernt haben in ihren Onlinefortbildungen. Wenn man es nicht weiß, erklären sie es einem so freundlich und geduldig, wie es nur Menschen tun, die ständig mit Irren zu tun haben. Die Minipli-Frau kommt ohne Polizeipädagogik auf den Punkt.

»Sie haben«, sagt sie eher bekümmert als belehrend, »sieben rote Ampeln überfahren.«

»Und das«, sie schaut auf den vereisten Boden, »auch noch bei diesem Wetter.«

»Ich, ähm, tut mir leid, ich habe es eilig. Weil, es ist ja Berlinale. Ich muss pünktlich ins – Kino.«

Ihr Lippenstift ist blassrosa mit perlmuttfarbenem Schimmer, was sehr gut zu dem Blassblau ihrer Bluse passt, von der allerdings nur der Kragen unter der geschlossenen dunkelblauen Funktionsjacke zu sehen ist. Eine Waffe trägt sie auch, sie sitzt auf ihrer Hüfte wie eine verrutschte Erektion.

Mit stillem Bedauern schaut sie von mir zu meinem Fahrrad, dessen Licht vorn kaputt und hinten abgefallen ist. Auch darauf weist sie mich nicht hin. Sie wiederholt schlicht, was ich bereits kapiert habe: Ich habe sieben rote Ampeln überfahren.

Sie will nicht kassieren, sie will etwas wissen.

»Wollen sie«, fragt sie eindringlich und eine Spur bekümmert, »wollen sie sich *umbringen?*«

Nein, das habe ich doch schon gesagt. Ich will mich nicht umbringen. Ich muss ins Kino. Sie schüttelt den Kopf, steigt zu ihrem unbeteiligt auf den fließenden Verkehr starrenden Partner und macht den Weg frei. Sie hat kapituliert, wie der Mann es tut, wenn er weiß, dass die Patentlösungen erschöpft sind.

Einen Moment halte ich inne und blicke dem Polizeiwagen nach, bis er Richtung Möckernbrücke abbiegt. Dann sattele ich auf und rase weiter.

Die Kälte will trotz heftigen Strampelns nicht weichen. Unter den Hochbahngleisen schlingere ich auf dünnem Eis das Hallesche Ufer entlang, bis zum »Quartier Daimler«. Der gesamte Potsdamer Platz ist mit zahllosen, auf eng gestaffelten *City Lights* platzierten Plakaten der Festivalfilme geschmückt. Sie weisen den Weg durch krähenbevölkerte Schluchten zwischen weiteren *Corporate Buildings* zum Berlinale-Palast.

Das frontal verglaste Treppenhaus mit Saalbeilage, in dem sonst Musicals aufgeführt werden, ist gar kein Palast, sondern ein multifunktionales Ungetüm. Sein gläsernes Walmaul schluckt alles, was diverse *Events* in ihn hereinspülen. Horden von Bustouristen mit unverbrüchlicher Liebe zu Franchise-Entertainment verlaufen sich das ganze Jahr über in den Weiten der über vier Etagen gestapelten offenen Treppenanlage. Leichter bekleidete und schwerer parfümierte Vergnügungssuchende zieht es am Abend im Untergeschoss ins schwüle »Adagio« mit seinen Grotten aus Pappmaché.

Ich müsste Dinge tun, Menschen küssen, ihnen sagen, dass sie bezaubernd aussehen, wie toll ihre letzte Arbeit war, wie gut das gelbe Kleid gewählt ist. Und das rote und das blaue. Wie gespannt ich auf Wong Kar-Wais Eröffnungsfilm bin, wie sehr ich seinen »In the Mood for Love« geliebt habe. Dass wir uns morgen sicher auf diesem und übermorgen auf jenem Empfang sehen werden.

Ach was. Das Echo all dieser Sätze aus all den vergangenen Jahren hallt noch wider in den Ohren der Bekannten und Klienten, und überhaupt läuft hier auch ohne mich alles wie geschmiert, wie ich von meinem frühzeitig eingenommenen Platz im Parkett aus auf der Leinwand beobachten kann, auf die das Geschehen vom Teppich live eingespielt wird.

Ich verstehe den Eröffnungsfilm nicht. Ratlos blicke ich auf die Leinwand, wo Asiaten in Zeitlupe und Dauerregen aufeinander losspringen. Regisseur Wong Kar-Wai war zuvor als Jurypräsident auf der Bühne gefeiert worden. Gefeiert, nun ja, es wurde geklatscht. Er trug eine dunkle Sonnenbrille und lächelte hintersinnig kauzig, wie man es von kreativen Asiaten erwartet, seit der Dalai-Lama als spirituelles Maskottchen den Westen erheitert. Wong Kar-Wais graublau gedämpfter »The Grandmaster« sieht aus wie durch seine Sonnenbrille gedreht.

Es gebe Tage, an denen schmecke kein Wein, hat mir einmal ein Weinhändler gesagt, als ich mich beim Probieren für keine seiner Empfehlungen entscheiden konnte. Es gibt auch Tage, an denen passt einem kein Film.

Wong Kar-Wai kann nichts dafür, wie er auch damals in Köln nichts dafür konnte, als ich ihm, oder besser gesagt seinem Film, schon einmal des Mannes wegen Unrecht getan hatte.

Wir schliefen damals bereits auf eine Weise miteinander, die Unverbindlichkeit ausschloss. Eines Tages gingen wir ins Kino und sahen »In the Mood for Love«, in dem zwei ebenfalls Unentschlossene zwischen bauschenden Vorhängen zu Nat King Coles *Qizás* miteinander rangen: Ein Mann und eine Frau, deren jeweilige Partner ein Verhältnis miteinander haben, begegnen sich. Sie fühlen sich zueinander hingezogen. Maggie Cheung in Etuikleidern aus Brokat, Tony Leung mit traurigem Mund – und doch werden sie niemals ein Paar. Sie opfern die Möglichkeit ihrer Liebe einem gemeinsamen Verständnis von Tugend.

Der Mann und ich liefen zu Fuß zu meiner Wohnung am Friesenplatz.

Der Film hatte uns nicht gutgetan. Wir beschlossen, ihn in einem Akt ungewohnter Übereinstimmung abzulehnen. Nach Wong Kar-Wai herrschte kein Verlangen zwischen uns auf dem Sofa in meinem großen Wohnzimmer mit Blick auf den Friesenplatz. Wir sahen der noch jungen Katze zu, wie sie eine Maus jagte, fing und quälte. Wir sahen zu und taten nichts, als säßen wir im nächsten Film, der uns etwas längst Festgeschriebenes über uns und unsere bevorstehenden Quälereien erzählen wollte.

Ein bisschen mehr als eine Affäre waren jene gemeinsamen Wochen, und sie fanden ein abruptes Ende. Wir standen vor dem »Wienerwald« am Hohenzollernring, Ecke Flandrische, als er mir sagte, er kehre zu irgendeiner Frau mit irgendeinem Sohn zurück, die irgendeine Trennung von ihm nicht verkraften könne, und so weiter und so fort, als habe »In the Mood for Love« irgendeine Langzeitwirkung auf ihn ausgeübt.

Er wolle nicht immer von vorn anfangen, schloss er, obwohl – bei aller Verzweiflung schien mir die Pause doch etwas zu gesetzt – obwohl er mich doch viel mehr liebe. Die restlichen fünfhundert Meter bis zum Friesenplatz reichten aus, um ihn hinter mir zu lassen. So arm war seine Erklärung, so reich sah ich mich an Nachfolgern.

Sieben Jahre sollte es dauern, bis ich den Mann, der heute Nacht nicht neben mir liegen wird, wiedersah. Fünf Jahre ist das her. Macht zwölf Jahre zwischen »In the Mood for Love« und diesem »Grandmaster«, dem ich nicht folgen kann.

Auf der Leinwand leidet Tony Leung gerade schon wieder einer Frau wegen, deren Liebe ihm zu spät offenbart wird. Ich verstehe immer noch nicht, was los ist, wer gegen wen kämpft und wo auf der verschachtelten Zeitebene wir uns gerade befinden. Es wimmelt von gestern.

Wegen seiner Ahnungslosigkeit und dessen, was meine kundigen Argumente aus ihr machen würden, hat der Mann Angst, mit mir über Filme zu sprechen. Tatsächlich nehme ich Filme rein persönlich. Wie eigene Erlebnisse oder mit Freunden geteilte. Aber auch diese Freunde lösen in dem Mann, ihrer schieren Fülle wegen, Furcht aus.

Der Mann muss die Menschen aus meiner Biographie herauslösen und sich mittels eigener Themen und Erlebnisse mit ihren verbrüdern, damit er sie als meine Freunde annehmen kann. Es muss nichts Besonderes sein, gemeinsames Wenden des Grillguts etwa kann bereits eine gute Grundlage liefern.

Mit meinem Körper verfährt er ähnlich. Er verbindet ihn mit seinem Begehren, das, durch das meine befeuert, ein Miteinander ergibt, das ihn von mir und damit von seiner Angst befreit. In mir hat er alle Kraft der Welt. Meine Worte hingegen versetzen ihn in eine gleichsam touristische Ratlosigkeit. Sie bilden eine Fremdsprache, und die Übersetzung, die er für sich findet, löst sie von meiner Bedeutung.

Von allem, was ich ihm etwa über Jane erzählt habe, hat er allein Eckdaten akzeptiert. Den Rest fand er verstiegen. Das ist sein Wort für vieles, was mir wichtig ist. Er zeigte sich redlich interessiert – eine Oscar-Preisträgerin! –, guckte mit mir an einem Neujahrstag ihren letzten Film »Bright Star« und schlief beim gemeinsamen Anschauen der DVD von »Das Piano« erst nach der Hälfte ein.

In Filmen sucht er allein das Vertraute. Vertraut sind Fakten, am liebsten historische. Vertraut sind auch Emotionen zweiten Grades wie Rührung und Unbehagen. Alles ihm Fremde vergisst er, bevor er die Fremdheit als Ursache seines Vergessen ausgemacht hat. Mein Unglück ist ihm fremd. Er macht bereits einen Bogen um die schiere Vermutung meines möglichen Unglücks.

Der Mann und ich könnten einander neuerlich verbunden sein in der Ablehnung eines Films. Wir könnten jetzt und hier einer Meinung sein auf den straff gepolsterten roten Sitzen im Möchtegern-Palast. Aber hier sitze ja allein ich, ein paar Etagen über dem grottigen »Adagio«, inmitten all der Menschen, die meine und die eigene Professionalität für bare Münze nehmen. Ich umfasse den Dutt und presse mir die Spitzen der Haarnadeln in die Kopfhaut.

Der Mann weist gern darauf hin, dass ich damals, im kurzen ersten Durchgang, der unser Begehren nicht bereinigt hatte, meine Sätze nie vollendet hätte. Ich weiß nicht, ob das stimmt oder ob er einfach nicht weiter zugehört hatte. Auf jeden Fall würde das Unvollständige gut zu unserer angebrochenen Beziehung passen, die am »Wienerwald« nach wenigen Wochen bereits seiner Vernunft zum Opfer gefallen war.

Ich steige, das Kleid gerafft und Entschuldigungen murmelnd, durch die Sitzreihe zur Seitentür. An den Stehtischen der Zwischenetage stehen Profis und fachsimpeln. Vor dem Walmaul wartet eine Menschentraube, die nur eine Party- und keine Premiereneinladung bekommen hat, auf das Ende des Films. Ganz am Rand sind all jene, die ohne jede Berechtigung ihr Glück versuchen. Ich winde das Premierenbändchen über den Handteller und reiche es einer verzweifelt blickenden jungen Frau vor dem Hyatt. Mein Fahrrad ist an den Fuß des Briefkastens gekettet. Ich lasse es stehen.

Dem Taxifahrer nenne ich die Manfred-von-Richthofen-Straße als Adresse, ich habe keine Lust, den in den meisten Navis nicht eingespeisten Adolf-Scheidt-Platz näher zu erläutern. In Köln würden Taxifahrer ihn sicher »Adi« nennen, selbst den Rudolfplatz kürzen sie zu »Rudi« ein. Ich sage längst auch Adi, als handele es sich um einen vertrauten Ort. Dabei mag ich bloß weder Adolf noch Scheidt.

Mein Fahrer will wissen, wie lange am Berlinale-Palast wohl noch etwas los sei. Er erkundigt sich nicht nach den anwesenden *Promis* und erspart mir so das Herunterleiern von Namen, die ich für bekannt halte, er jedoch mit einem enttäuschten »Sacht mir nichts« quittieren würde.

Es ist vier Uhr morgens. Die Eröffnungsparty im Berlinale-Palast wird längst vorbei sein. Ich liege allein im Doppelbett in unserem wunderschön gestalteten Schlafzimmer mit Kronleuchter, goldenen Nachttischen und roten Samtvorhängen. Das nachtblaue Kleid mitsamt den darauf verteilten goldenen Haarnadeln liegt achtlos auf den Boden geworfen. Durch den Spalt zwischen den Vorhängen sehe ich den Turm mit der beleuchteten Schuluhr am Ende der Bräuning-Promenade.

Schuluhren schlagen anders als Kirchturmuhren. Mein Vater hatte uns das erklärt, als er vier Wochen vor Einzug auf Besuch in unser von Handwerkern verwüstetes Haus kam, das Mitte der zwanziger Jahre fertiggestellt wurde, kurz bevor er das Licht der Welt erblickte. Wir würden es niemals schaffen, bis zum Einzug die Renovierungsarbeiten abzuschließen, war er sich sicher.

Dabei hatte er es doch seinerzeit zu Fuß vom sibirischen Workuta ins zerbombte Köln geschafft. Auf einem Fuß, zwei Besen unter die Achseln geklemmt, den zweiten Fuß und das halbe Bein dazu ziemlich frisch amputiert.

Die Schüler auf dem Schulhof lärmen nicht in den Pausen – sie schreien. Auch die Vögel schreien, lange bevor es hell wird. Ich kann sie hören, mitten in der Nacht. Alle schreien sie, als würden sie dafür bezahlt. So ist das im Fliegerviertel, wo die Straßen nach abgeschossenen Piloten benannt sind. Allesamt junge Männer, wie auf den Straßenschildern vermerkt ist, kaum älter als die älteren unter den Schülern, die diese Straßen schreiend durchqueren. Das also ist der schlaflose Traum vom Eigenheim, den eigenen vier Wänden, in denen sich keine fünfte Wand in einen Möglichkeitsraum hinein öffnet.

Wieder frage ich mich, was Jane zu diesem Haus und meinem Leben darin einfiele. Ob ich ihr wirklich davon erzählen sollte, wenn wir uns wiedersehen. Wir werden uns wiedersehen.

Mein Atem geht tiefer, sobald ich an sie denke. Ihr Verständnis für mich übersteigt mein eigenes. Ich weiß, sie und ich, das ist lange her. Vielleicht habe ich es übertrieben mit Jane, wie ich es mit dem Mann übertrieben habe, bis er gegangen ist. Oder damit er geht.

Janes gesamte Bedeutung hängt am seidenen Faden meines Glaubens. Sie schaukelt wie ein Pendel vor meinen Augen, die endlich zufallen.

VIER

John Dooley sah ich das erste Mal vor der Gedächtniskirche, als wir nebeneinander im knietiefen Schnee Richtung Berlinale-Büros an der Budapester Straße wateten. Ich bemerkte, dass er meinen Blick bemerkte. Am vierten Festivaltag sprach er mich in der Festival-Cafeteria an. Die Nacht des sechsten verbrachte ich mit ihm im durchgelegenen Bett einer jener Wilmersdorfer Pensionen, in denen der Mittelbau der internationalen Filmwelt untergebracht war. Er leitete das Edinburgh Film Festival und war sehr nett, wenn auch etwas pummelig. Der Abschied war von bittersüßer Unverbindlichkeit.

Marianne war begeistert, als ich ihr ein paar Wochen später von seiner unerwarteten Einladung nach Edinburgh erzählte. Sie und ich fuhren weiterhin gemeinsam auf Festivals. Wir machten fast alles gemeinsam, auch weil es keine Männer in unserem Leben gab, die das hätten ändern können.

Marianne mochte Schottland, war mehrfach durch die *Highlands* gewandert und interessierte sich für irgendetwas Kulturelles in Glasgow.

»Herrlich«, sagte sie, »das könnte man ja wunderbar miteinander verbinden.«

»Mmh ...«, erwiderte ich, »dann sage ich ihm also zu.«

Der Termin im Juni lag günstig zwischen Cannes und Venedig, und Reise und Unterkunft würden vom Festival übernommen. Und irgendeinem Redakteur würde ich einen Bericht von dort schon verkaufen können.

Ich traf zum Festivalbeginn ein. Marianne würde später kommen. Sie wanderte bereits seit Tagen irgendwo in Schottland herum.

Eine Mitarbeiterin führte mich in John Dooleys Büro. Er war sehr beschäftigt, aber er freute sich außerordentlich, mich zu sehen. Es gab die üblichen privaten Umstände, eine geschiedene Frau, zwei ebenfalls pummelige Söhne mit Pottschnitt. Sie lachten von dem gerahmten Bild auf seinem Schreibtisch aus. Und es gab wohl auch eine aktuelle Partnerin. Er hatte Andeutungen in diese Richtung gemacht, weil ich nicht bei ihm, sondern im Gästezimmer einer Festival-Mitarbeiterin untergebracht war.

Er hoffte wohl auf augenzwinkerndes Einverständnis. Ich fragte aber nie nach anderen Frauen und war zudem äußerst desinteressiert an Bekenntnissen jedweder Art.

Mindestens genauso desinteressiert war ich an den örtlichen Sehenswürdigkeiten, die er mir empfohlen hatte, ich beschloss, mich erst einmal dem Festivalkatalog zu widmen und mein Filmprogramm für die kommenden Tage zusammenzustellen. Mit dem Katalog hatte ich lindgrüne Verzehrbons für die »Festival-Cafeteria« erhalten, eine schmucklose Mensa mit orangefarbener Plastikbestuhlung.

Eine Frau mit blonden Locken saß dort allein an einem der Tische. Sie sah so nett aus wie damals Peter Weir.

»Darf ich?« Ich war mit meinem Tablett direkt auf sie zugesteuert.

Sie schaute auf und sah mich an.

»Aber bitte, unbedingt!« Sie lächelte und hielt den Blick.

Wir redeten miteinander, so wie Leute im Zug reden. Woher wir kamen, dass ich nichts über Neuseeland wusste und sie nichts über Köln. Ich erklärte, dass das »Cologne« zum Aufsprühen, »Eau de Cologne, weißt du?«, nach meiner Heimatstadt benannt sei, und vielleicht kenne sie ja den Kölner Dom – Nein? Wir lächelten viel und waren ernsthaft interessiert an unserem Touristengeplänkel. »Wirklich, so klein ist Neuseeland?«.

Ich fand sie schön, auf eine erwachsene Weise. Wie eine Ärztin, in deren Obhut man sich sofort sicher fühlt. Wenn sie zu sprechen ansetzte, spannte sie die Oberlippe hoch über ihren Zähnen zu einem halben Lächeln, das beinahe schmerzhaft wirkte. Ihr Blick war intensiv, aber keinesfalls bohrend, wenn sie mich Dinge fragte.

Was mich am meisten verblüffte, war das Fehlen jedweden Misstrauens und jeder Zurückweisung.

Ich erzählte ihr, halb entschuldigend, was mich nach Edinburgh geführt hatte, und fing gar nicht erst an mit dem üblichen Erfinden, Übertreiben und Auslassen.

»Oh, du schreibst. Das ist ja großartig.«

»Nun ja, also schreiben ... ich meine, so ein bisschen, also eher so frei.«

Der Teil mit dem Festivalchef war für sie nicht der Rede wert. Sie holte uns ein Stück saftigen Schokoladenkuchen an der Theke, die letzten Krümel aßen wir mit den Fingern.

»Und du?«, fragte ich, »was machst du hier?«

»Och, die zeigen hier ein paar alte Kurzfilme von mir.«

Sie wischte mit einer Handbewegung jede Bedeutung, die ich dieser Information beimessen könnte, vom Kantinentisch.

»Wow. Echt? Die gucke ich mir an!«

»Schön, dann komm doch morgen um elf ins *Jones House*.«

»Okay, ich komme ganz sicher. Ich freue mich. Und sag mal, wie heißt du eigentlich?«

»Mein Name ist Jane«, sagte sie und lächelte wieder: »Jane Campion.«

Im ersten Kurzfilm, den ich am nächsten Tag im *Jones House*, einem zum Kino umfunktionierten Jugendheim, sah, schmiss ein rothaariger Junge Apfelsinenschalen aus dem Auto auf die Fahrbahn, wie Marianne und ich unsere Kippen auf die Gebirgsstraßen in den Pyrenäen. Der ebenfalls rothaarige Vater zwang ihn, auszusteigen und sie einzusammeln. Aus Prinzip. Am Ende stand die ganze Familie heillos zerstritten am Straßenrand. Wie immer, wenn irgendjemand auf einem Prinzip beharrte, ging alles schief.

In zweiten Kurzfilm weckte ein Mann eine Jeans auf, eine faule Jeans, und steckte sie unter die Dusche. *Cheer up, sleepy Jeans* sangen die »Monkeys« dazu. Es ging gar nicht um Jeans in dem Lied »Daydream Believer«, sondern um ein Mädchen namens Jean. Aber diese *Homecoming Queen* hatte Jane nicht interessiert, weil das Missverständnis viel interessanter ist. Und lustiger.

»Das Konzept von richtig und falsch halte ich für komplett irrelevant«, erklärte Jane nach der Vorführung den wenigen Zuschauern.« Es liefert nichts als eine Startposition, von der aus wir loslaufen, um in einer eigenen Welt anzukommen.«

Am Eingang hatte ich ihr etwas unschlüssig die Hand zur Begrüßung gereicht. Sie zog mich mit einem kurzen Ruck zu sich heran, umarmte mich ohne Umschweife und war überhaupt völlig frei von der Steifheit, mit der ältere Frauen mir sonst begegneten. Die waren fast immer komisch zu mir.

Wenn ich mir Mühe gab, besonders herzlich zu ihnen zu sein, reagierten sie erst recht missbilligend. Wahrscheinlich dachten sie, ich interessiere mich bloß für Männer.

Das stimmte aber gar nicht. Männer interessierten mich nur routinehalber. Sie drangen nicht durch. Einzeln schon gar nicht. Auch Begehren schied als mildernder Umstand für meine Experimente aus. Das hätte ein Begehren sein müssen, das den anderen meint oder die Vergeblichkeit, ihn zu besitzen.

Mich interessierte allein die Art, in der sie mich für besonders hielten.

Besonders war auch Jane, wenn sie sprach, wie sie vor diesen Zuschauern sprach. Selbstvergessen, die ausgestreckten Hände überkreuz an die Brust gepresst, weil sie sich von dort, also aus vollem Herzen, an sie wendete.

Der Festivaldirektor dagegen hatte allein das Klischee auf seiner Seite, als er mich später doch zu sich nach Hause mitnahm, unter seltsam grün-pink gemusterte Laken, wo ich rasch einschlief. Geweckt wurde ich, wurden wir, geweckt wurde unser unverbindliches Wir durch eine aufgebrachte große Frau, die vor uns und den hässlichen Laken stand. Sie schrie und hatte rote Flecken am Hals und erwies sich als die Frau, die sonst in ebenjenen Laken lag, die sie zudem eigenhändig ausgesucht hatte. Dem pummeligen Liebhaber habe sie überhaupt alles erst beigebracht, wovon ich jetzt – mindestens theoretisch – profitierte, entnahm ich ihrem Geschrei.

Für mich war sie eine Giraffe, so taufte ich sie umgehend, und so wollte ich später Marianne eher schadenfroh von ihr berichten. Für ihn war sie jedoch ein Problem, das zu erfassen ich überhaupt nicht willens oder in der Lage war. Und das

»Was nun?« war auch einzig und allein sein Problem und keinesfalls meines. Ich stieg aus dem Bett, griff auf dem Weg vorbei an der bebenden Giraffe nach meinen Kleidern und ließ die beiden ihren Kram unter sich ausmachen.

Am Tag darauf ging ich mit Jane spazieren. Sie war gern in der Natur, und mit einem Mal fand ich es trotz meines nicht angemessenen Schuhwerks auch schön, durch den *Royal Botanic Garden* zu schlendern. Von der Giraffe erzählte ich nicht. Überhaupt redeten wir wenig. Ich erwähnte, dass ich ihre Filme lustig fand, und sie fragte nicht, was ich mit lustig meinte.

Sie musste auch nicht erfahren, wie sehr mich die Verschränkung ihrer Person mit ihren Filmen beglückte. Es war eine Sensation, deren Wirkung sich gerade erst in mir auszubreiten begann. Unsere Begegnung in der Cafeteria hatte sich auf der Leinwand des *Jones House* fortgesetzt. Wie Jane waren mir auch ihre Filme gleichzeitig fremd und vertraut.

Wer dieser Gerard sei, der im Abspann des ersten Kurzfilmes als *Moral Booster* vermerkt war, wollte ich wissen. Jane blieb auf dem sorgsam mit grauen und weißen Kieselsteinen dekorierten Weg stehen, griff sich mit einer so selbstsicheren wie schutzsuchenden Geste an den Hals und sagte, er sei ihr *Boyfriend*. Er respektiere sie, aber er sehe andere Frauen.

»Sehen?« Ich verstand nicht. »Du meinst, er guckt andere Frauen an?«

»Er schaut sie nicht nur an«, sagte sie. »Er will sie haben. Dich würde er auch sofort haben wollen.«

Sie presste die Lippen zusammen, als wolle sie böse Worte versiegeln. Mich machte das traurig. Ich fand ihn sofort blöd. Er könnte mich niemals haben, im Sinne von: Ich würde niemals mit ihm schlafen. Das meinen die Männer ja damit. Wenn er Jane haben konnte, warum wollte er irgendjemand anderen?

Wir liefen weiter und stießen auf eine künstlich angelegte Sumpflandschaft, umrandet von hüfthohem Schilf. Wir schwiegen erneut. Ich sah sie an, sah ihren festen Schritt, das kinnlange, störrische Haar, ähnlich dem meinen – in Dichte, nicht in Länge, die Bestimmtheit, mit der ihre schwingenden Arme in einer Art segnender Bewegung den Weg durch Schilf und Gestrüpp ebneten, bis wir das Ufer des *Water of Leith* erreichten, wie der wenig imposante Fluss hieß.

»Ich möchte gern Kinder haben«, sagte sie, »und du?«

So recht hatte ich noch nie darüber nachgedacht, aber jetzt war es eine Jane-Frage.

»Bestimmt«, sagte ich und schaute auf das gegenüberliegende Ufer. »Weißt du, man weiß ja nie, wie das mit einem Mann so wird, aber ich glaube, vielleicht ist man seinem Kind ja etwas schuldig. Also nicht, dass man bis in alle Ewigkeit mit dem Mann zusammenbleibt oder so. Das weiß man ja nie.«

Ich wusste nicht, was ich da eigentlich redete, aber ich hatte den Eindruck, es sei von Bedeutung.

»Also, ich glaube, das Wichtigste ist, dass das Kind weiß, dass man mit seinem Vater wirklich ein Kind wollte, und zwar genau dieses, das man dann bekommt.«

Jane schwieg auf neue Weise. Es war immer noch nicht richtig.

»Ich meine, also jetzt – Gerard zum Beispiel – wenn du dabei an ihn denkst, ich glaube, das wäre nicht so gut. Weil du jetzt schon zweifelst, und dann bleibt das.«

»Ich glaube«, mit einem Mal stimmte der Gedanke, »ich

glaube, man muss sich einen Moment lang sicher sein, dass man das alles genau so wirklich will. Das schuldet man seinem Kind, also diesen einen Moment ohne Zweifel.«

Jane hörte mir genau zu. Das war ich nicht gewohnt. Ich redete ja auch meistens nur so dahin.

»Weißt du«, an der Langsamkeit, mit der sie sprach, erkannte ich, dass auch sie etwas zum ersten Mal sagte, »ich glaube nicht, dass wir wirklich eine Wahl haben. Unsere Heimat, unsere Familie, die Männer, auf die wir uns einlassen ... wir entscheiden das nicht. Wir ringen mit den Gegebenheiten. Eigentlich geht es ja gar nicht darum, wie etwas beginnt, sondern auf welche Weise wir verstrickt bleiben. Ob wir damit unseren Frieden machen können. Und was mit uns passiert, wenn uns das nicht gelingt.«

Ich fand nicht, dass das stimmte. Weil mich nur Anfänge interessierten. Weil ich so gut gehen konnte. Ich ging, wenn etwas unangenehm wurde, und dann probierte ich etwas Neues. Es gab immer etwas Neues. Aber ich verstand, dass sie anders war.

Sie wollte Teil einer Familie sein, einer Anordnung. Lieber Streit und Missverständnisse als Einsamkeit.

Am Ende unseres Ausfluges umarmte sie mich fest. Mit einem Arm umschlang sie meine Taille, mit der Hand des anderen drückte sie meine Schläfe äußerst bestimmt an die ihre, als wolle sie Gehirne tauschen. Das war schön.

Jane reiste rasch ab. Wir hatten keine Adressen getauscht. Wir waren keine Urlaubsbekanntschaft. Marianne war endlich genug gewandert – »es war herrlich, du *musst* wirklich mal mitkommen« –, und wir guckten gemeinsam Filme und lernten

Leute kennen, mit denen wir uns in die Cafeteria setzten. Ich hatte ihr nur am Rande von der Begegnung mit Jane erzählt, dafür umso ausführlicher von der Giraffe und wie peinlich sie gewesen war.

John Dooley hatte mir zu verstehen gegeben, dass es besser sei, für den Rest meines Aufenthalts ein wenig Abstand zu halten. Vielleicht waren ihm irgendwelche Prinzipien wieder eingefallen, die er mit der Giraffe teilte. Wahrscheinlich dachte er, ich sei enttäuscht.

Zurück am Friesenwall, wollten Hagen und Bruno wissen, wie es gewesen sei bei den Schotten. Als ich ihnen sagte, ich hätte eine ganz besondere Frau kennengelernt, machten sie ein paar Tage Witze und fragten, wann »die Frau« denn mal bei uns in der Küche sitzen würde. Ich ignorierte sie und kaufte mir eine Platte mit den größten Hits der »Monkeys«. Den Tonarm legte ich immer wieder auf den Anfang von »Daydream Believer«.

FÜNF

Muss ausgerechnet ein polnischer Film den offiziellen Wettbewerb eröffnen? Er heißt »Im Namen des ...«, entnehme ich dem Presseheft, das an der Garderobe ausliegt. Ein idiotischer Titel.

»Niemczyk« stand viel zu lange auf dem Klingelschild neben dem Namen des längst von der polnischen Ehefrau verlassenen Mannes am Brüsseler Platz, vier Häuser neben jenem, in das ich zufällig eingezogen war. Ja, genau: zufällig. Wie sehr ich es leid bin, dieses Getue, es gebe keine Zufälle, und überhaupt, man wisse ja nie, wozu etwas am Ende gut sei. Doch: zu nichts. Zufällig ist alles zu gar nichts gut. Genauso zufällig wie die Vorstellung dieses doofen Filmes an diesem doofen Morgen.

Der Mann hatte das von ihm in leserlichen Großbuchstaben beschriftete Papier nicht ausgetauscht, nachdem sie fortgegangen war. Nicht einmal, als ich begann, diese Klingel zu betätigen, um ihn in seiner nur mehr halb möblierten Wohnung zu besuchen. Das fehlende Mobiliar verschaffte der abwesenden Polin eine Präsenz, die mir den Verstand raubte.

Ein ganzes Land in Sippenhaft meiner Paranoia. Leider ein sehr großes Land mit so reisefreudigen wie trinkfesten Bewohnern und allgegenwärtigen Arbeitskräften, die Wohnungen sanieren oder Spargel stechen. Pilze werden aus diesem Land auch gern exportiert. Die wandern nach meiner Lektüre des Etiketts zurück in die Auslage der Gemüsetheke im LPG, als vergifte mich das bloße Berühren der Verpackung.

Ich lache mich aus, suche mich mit billigen Tricks zu überlisten – einfach nicht dran denken, dann geht es weg. Ich erkläre mich für geheilt: Was für ein Quatsch, so, jetzt ist mal gut, hat sich erledigt. Doch kaum lese ich von der Fußball-EM in Polen im kommenden Jahr, schon schnürt es mir wieder die Kehle zu.

Polen ist das Begehren, das nicht mir gilt. Polen ist das Leben, das er nicht verlassen hat, sondern von dem er verlassen wurde, Polen ist die Leerstelle, in die ich getreten bin.

Der Mann spricht kaum von der ersten Ehe. Je mehr ich wissen will, desto weiter klaffen die Lücken zwischen seinen lustlosen Wortgebilden. Ich lege die Sätze übereinander, ergänze Fakten mit Vermutungen und Unterstellungen wie ein polizeilicher Ermittler lückenhafte Verhörergebnisse.

Das Protokoll seiner Liebe, von der ersten Begegnung über die Ehe ins so unerwartete wie unverdaute Ende, würde vor keinem Gericht zur Klage reichen. Außer dem meinen. Ich klage ihn der Liebe zu einer anderen an. Die Schuld steht außer Frage. Die Strafe ist mein Schmerz. Unser beider Strafe.

Der Mann versteht nicht. Was hat sie denn?, fragt er sich. Was hast du denn?, fragt er mich. Ich setze das Verhör fort, als gäbe es einen Punkt, an dem die Fakten die Paranoia fressen, als hätten wir ein Polen-Quiz gespielt und die richtige Antwort sei gefallen. Aber ich spiele nicht.

Journalisten aus aller Welt strömen in Scharen über die nun unbeleuchtete rote Teppichfläche vor dem Eingang, um einen der zweitausendfünfhundert Plätze im Saal zu ergattern, auf denen sich geladene Gäste am Abend zuvor bei Wong Kar-Wai unterschiedlich gut amüsiert haben. Am Treppenaufgang bemühen sich Hostessen in blau-rot gemusterten Jacketts um kritische Blicke auf die kreditkartengroßen Akkreditierungen der treppauf hastenden Journalisten.

An den Wänden der Zwischenetagen hängen, wie in jedem Jahr, überlebensgroße, mit schwarzem Filzstift signierte Porträts der Schauspieler und Regisseure aus den Festivalfilmen des Tages. Heute Morgen sind die Mitglieder der Jury ausgestellt. Wong Kar-Wai, natürlich mit Sonnenbrille, und, ganz links, Tim Robbins. Sein angegrautes mittelblondes Haar bauscht sich über der hohen Stirn zu einem angedeuteten Rockabilly-Schwung, das Gesicht prall in einer Variante Babyspeck, die auch mit über fünfzig nicht weichen will. Er schaut sehr freundlich, ich hatte ihn immer schon gern.

Ich stelle mich auf die Zehenspitzen und küsse ihn auf seine vergrößerten, halb geöffneten Lippen.

Mein Stammplatz befindet sich vorn links. Sehr weit vorn, eigentlich viel zu nah an der riesigen Leinwand, aber das erzeugt einen angenehmen Schwindel. Auf den Plätzen, wo sich am Vorabend, die Sitzordnung protokollarisch vorgegeben, Roben bauschten und Hälse reckten, sitzen jetzt unscheinbare Menschen jeden Alters, die Smartphones gezückt, das Festival-Journal und andere Publikationen auf dem Schoß. Einige essen, andere winken den Kollegen über die Reihen hinweg zu wie früher die Ford-Arbeiter in der Linie zwölf auf dem Weg zur Frühschicht nach Köln-Merkenich, mit denen ich nach durchgemachten Nächten die Fahrt in der ersten Bahn teilte.

Die blau-rot karierten Leiharbeiter sind in den Saal gewechselt, sie bitten letztmalig um das Anzeigen freier Plätze –»*Please raise your hand*« –, dann geht das Licht aus, und die Zeitungen wandern zu den unter die Sitze gestopften Mänteln. Die Journalisten rutschen tiefer in den gepolsterten Sitz, während die Logos der Hauptsponsoren die Leinwand füllen, bevor sich eine Feuerkugel in einen goldenen Sternenregen verwandelt.

Am Abend schmückten dieselben Logos die weiße Sponsorenwand entlang dem roten Teppich. Auch ich sinke tiefer. Ich bin müde. Auf mich ist kein Sternenregen niedergegangen in meiner zweiten schlaflosen Nacht.

Als Bilder eines aus der Zeit gefallenen polnischen Dorfes die Leinwand füllen, bin ich kurz versucht, doch noch davonzulaufen. Ein neu eingetroffener Priester soll sich um kräftige junge Männer kümmern, die straffällig geworden waren. Schuld hat auch der Priester auf sich geladen, allerdings nicht, weil er den Avancen der jungen Verwaltergattin nachgeht, die in schwarzem BH in seinem kargen Schlafzimmer wartet. Sondern weil es ihn zu einem der Jungen hinzieht. Dieser Neigung wegen wurde er versetzt.

Er läuft durch den polnischen Wald im blaugrauen Frühdunst, als könne er seinem Begehren davonlaufen – Niemand kann das. Einmal tanzt er betrunken zu laut aufgedrehter Rockmusik. Die Polen trinken ja so gern. Wie der Mann, der die Landsleute seiner Exfrau auch deswegen so gut leiden mag. Der Priester nimmt ein großes Bild von der Wand, es wird sein Tanzpartner für den wilden Taumel. Und wir sehen Papst Benedikt XVI. auf dem Bild, der also doch im Heute spielt. Aber vor allem eben in Polen.

Ich war noch nie in Polen, ich kenne nur Filmbilder, und ich kenne die Nasenflügel der Polinnen. Sie können sie zart blähen, auch einzeln, als zwinkerten sie mit der Nase. Ihre Mimik verlagern sie in die Nasenflügel, die Schauspielerinnen erst recht. Wenn ich lebhaften Frauen begegne, frage ich sie manchmal: »Sie sind Polin, nicht wahr?«, auch wenn sie akzentfrei eine andere Sprache sprechen. Einige staunen, andere nicht. Selten verkneife ich mir hinzuzufügen, dass ich es ihnen an der Nase ablesen kann.

Die Nase meiner Vorgängerin kenne ich nicht, ich habe nie ein Bild von ihr gesehen. Ich schneide mir das Bild selbst zurecht, immer wieder ein neues. Jedes dieser rasierklingenscharfen Bilder ritzt ein neues Muster in meine Verzweiflung.

»Im Namen des ...« endet im Ungewissen seiner titelgebenden drei Pünktchen mit einer halben Liebe, die sich die Möglichkeit ihres Gelingens mit der ihres Scheiterns teilt, als müsse sich mein Dilemma ein weiteres Mal von der Leinwand aus an mich wenden.

Während die polnische Regisseurin im Hyatt ihre Pressekonferenz gibt, die zu besuchen ich nicht verkraftet hätte, knistert eine Etage tiefer der demonstrativ gemütliche Kamin hinter den Samtsofas. Akkreditierte mit vorgebeugten Oberkörpern wollen einander etwas verkaufen, während sie mit der flachen Hand nach dem Smartphone auf der Glasplatte des Tisches tasten. Ihre Augen gleiten über die durch die Lobby wabernde Menge, um vertrauten Gesichtern im geübten Priorisierungsmodus entgegenzunicken, zu winken oder mit bedauerndem Achselzucken in Richtung Gesprächspartner – »Entschuldigung, ich muss mal ganz kurz ...« – entgegenzueilen.

Ich fliehe auf die Behindertentoilette, deren Tür in den weitläufigen, mit honigfarbenem Holz vertäfelten Eingangsbereich eingelassen ist. Dort setze ich mich auf den geschlossenen Deckel des WC und lasse meine Arme auf die beidseitig montierte Stützvorrichtung sinken.

Fairerweise müsste ich zugeben, dass ich gerade einen ziemlich guten Film gesehen habe. Bloß wen, frage ich mich mit Blick auf den imposanten roten Notrufknopf zu meiner Rechten, wen würde diese Fairness interessieren? Die Regisseurin wahrscheinlich, die gerade, ziemlich genau senkrecht über mir, hoffentlich kundige Fragen beantwortet. Den Mann natürlich, weil Fairness eine große Sache für ihn ist, aber er ist ja nicht da, was ich mir nicht ins Gedächtnis rufen muss, weil das bereits zum Platzen voll ist mit seiner Abwesenheit.

Ich betätige die Spülung des unbenutzten WC und verlasse die Behindertentoilette. Im Gang streben die Besucher der Pressekonferenz zu den Glastüren, um in die nächste Vorstellung im Berlinale-Palast zu gehen, und ich schließe mich ihnen an.

Ich muss Polen aus meinem System bekommen oder den Mann, wenigstens seine Abwesenheit und die Kränkung, die sie darstellt. Weil er niemals zuvor gegangen ist. Weil er immer auf mich gewartet hatte, egal, wohin ich mich verlaufen oder wie sehr ich mich verrannt hatte.

Der zweite Film am ersten Tag der Berlinale spielt – sehr weit weg von Polen – in Pennsylvania. Er heißt »Promised Land«, und sein Hauptdarsteller Matt Damon hat sich das Drehbuch auf den Leib geschrieben, wie es so heißt. Auf seinen aufrechten, stabilen, amerikanischen Leib, den er ins platte amerikanische Farmland bewegt, um für einen mittelbösen Energiekonzern Bohrrechte zu sichern und skeptische Hinterwäldler vom Segen des *Frackings* zu überzeugen. Es ist sein Job, er nimmt ihn ernst, er macht ihn gut.

Der Mann sieht Matt Damon ähnlich. Sechzehnjährige Mädchen beginnen aufgedreht zu kichern, wenn er selbstvergessen an ihnen vorbeiläuft und zerstreut ins Ungefähre lächelt. Wie Matts Figur in »Promised Land« ist er ganz und gar kein spontaner Typ. Er braucht ausreichend Zeit, um Entscheidungen zu fällen, aber dann gelten sie unverbrüchlich.

Er hat sich für mich entschieden und damit weniger mich als seine Bereitschaft, sich zu entscheiden, gemeint. Eine amerikanische Version von Liebe, definiert von Entschlossenheit und Eindeutigkeit, wie seine amerikanischen Züge und sein amerikanischer Körper.

Der Mann will nicht verehrt werden, und er will nicht spielen. Er sehnt sich nach einem entspannten Leben mit einer freundlichen Frau, die ihn einen guten Mann sein lässt. Ja, die beiden sind sich wirklich sehr, sehr ähnlich, denke ich auf meinem Platz vorn links und bin froh, dass der Mann wenigstens für zwei Stunden in Gestalt von Matt bei mir ist.

In Wahrheit suche und finde ich den Mann in allen Geschichten, allen Bildern, weil ich nachts nicht mehr neben mich fassen und ihn dort finden kann, in dem Doppelbett mit der von ihm widerspruchslos geduldeten Mädchenbettwäsche mit dunkelrotem Rosenmuster und dem Blick auf die Schuluhr, die das Geschrei der Kinder rhythmisiert.

In Wahrheit kommt mir die Wahrheit zu den Ohren heraus. Ich bin randvoll mit Wahrheit: ewiger, akuter, erfundener, erflehter, erhörter. Jeder Gedanke, jede Erinnerung, jede Prognose, jede Lösung eine neue Wahrheit, die sich nach dem Durchspielen selbst zerstört.

»Promised Land« zündet nicht so recht, im Saal haben die Journalisten keinen Applaus gespendet, und die Fragen bei der anschließenden Pressekonferenz bleiben artig bis banal. Matt beantwortet auch sie redlich.

Ich glaube, dem Mann hätte der Film gut gefallen. Er mag es, wenn Dinge gut ausgehen, und er ist, wie Matt, bereit, hart dafür zu arbeiten. Der weiß um den bevorstehenden Flop. Dieses Wissen lässt ihn oben auf dem Podium noch freundlicher werden.

Ich weiß, warum es mich in diese Pressekonferenz gezogen hat: Ich wollte Zeugin dieser Zuversicht sein, mir eine Scheibe von ihr abschneiden. Matt wird nicht untergehen, weder im Film noch im Leben. Sein belastbarer Leib bleibt unbeschadet. Optimismus schwimmt oben.

Vielleicht das größte Verbrechen, dessen ich mich aus Sicht des Mannes schuldig gemacht habe, ist mein unermüdlicher Kampf gegen seinen Optimismus. Aus seinen Gefühlen habe ich ihm einen Strick gedreht, an dem ich ihn mit der ganzen Schwere meiner Zweifel nach unten ziehe.

Er ist geflohen, um dem Absaufen in einer Flut von Bildern, von denen keines ihn in seinem Sinne kenntlich abbildet, zuvorzukommen.

SECHS

Marianne und ich sahen uns so gut wie alle Pressevorführungen an. Diesmal stand im Residenz »Die Fliege II« auf dem Programm. Wir folgten dabei weniger einem Gebot der Professionalität als einer Idee von Vollständigkeit, die wir mit »wenn schon, denn schon« umschrieben. Wahrscheinlich hätte ich sonst auf diese Fortsetzung verzichtet, die, anders als der erste Teil, weder mit David Cronenberg noch mit Jeff Goldblum aufwarten konnte.

Vor dem Kino standen die Kölner Kritiker grüppchenweise zusammen und rauchten. Sobald ich mich näherte, rückten sie zusammen und wandten mir, wie so oft, den Rücken zu.

Als ich um Feuer bat, hielt mir ein Horrorfilm-Experte mit teigigen Fingern übertrieben schwungvoll sein Feuerzeug entgegen.

»Aber selbstverständlich – *Frau Kollegin* ...« Seine Kumpels prusteten los.

Mir war das total egal. Natürlich war ich nicht ihre Kollegin, auch wenn wir an mindestens drei Abenden pro Woche dieselben Filme schauten.

Marianne kannte sich, im Gegensatz zu mir, hervorragend mit Film aus, aber sie ließ es nicht heraushängen. Weil sie nur Photographin war und zudem, wie ich, für böse Magazine arbeitete, hätten ihre Kenntnisse bei den strengen Kollegen ohnehin nicht zum Vorteil gereicht. »Böse« waren alle Magazine, die gut bezahlten und Leute ohne Ahnung beschäftigten.

Die Pressebetreuerin hingegen, die am Eingang eigenhändig photokopierte und getackerte Unterlagen des Filmverleihs an die Journalisten ausgab, war sehr freundlich, seit ich die Filmseite einer neuen Frauenzeitschrift verantwortete. In jeder Ausgabe war ein Schwarzweißphoto von mir abgedruckt, das ich in einem Passbildautomaten gemacht hatte – Mariannes Bilder von mir wollten mir nie so recht gefallen, ich kam mir auf ihnen immer fremd vor.

Mein voller Name mit dem Zusatz »Redakteurin Kino« war über dem Photo zu lesen, während der der *Kollegen* unter ihren kundigen Texten meist als Kürzel vermerkt war.

Eine Woche später waren wir auf dem Weg zum Flughafen Köln-Wahn. Im Gegensatz zu der Kürzel-Fraktion konnten Marianne und ich es uns längst leisten, nach Nizza zu fliegen und in Cannes eine Pension zu beziehen.

Marianne kam in der S-Bahn noch einmal auf »Die Fliege II« zu sprechen. Der war tatsächlich so schlecht gewesen, wie alle erwartet hatten.

»Eigentlich idiotisch, in jeden Schwachsinnsfilm zu rennen. Ich meine, wenn der Regisseur des Sequels der Special Effects der Mann vom ersten Film war, kann man sich ungefähr denken, was dabei herauskommt.«

»Finde ich nicht. Vorurteile zu haben ist immer falsch, auch wenn sie sich als richtig erweisen«, widersprach ich.

Marianne wollte sich nicht mit mir streiten: »Kann sein, aber für so einen Schrott ist mir meine Zeit dann doch zu schade.«

Ich legte es oft darauf an, sie aus der Reserve zu locken. Aber diesmal meinte ich, was ich sagte. Ja, ich hatte auch keine Lust auf den Film gehabt, und ja, unsere Skepsis hatte sich bestätigt. Dennoch wusste man doch wirklich niemals, wie etwas sein würde, ohne es sich anzuschauen. Oder zu erleben. Dinge waren ja auch nicht jedes Mal toll oder herrlich, bloß weil man sich vorher darauf gefreut hatte.

In der Schlange vor der Passkontrolle am Flughafen Nizza stießen wir auf die weiterhin so mittellosen wie schweigsamen Wiener, in deren Cannes-WG wir im ersten Jahr gewohnt hatten. Wir boten ihnen die Mitfahrt in unserem spesenfinanzierten Taxi an und plapperten die ganze Fahrt über, bis wir die beiden an ihrer entlegenen Unterkunft abgesetzt hatten. Mit den internationalen Kollegen verstanden wir uns viel besser als mit den herablassenden Kölner Kritikern.

Wir setzten die Fahrt fort zu unserer Pension, die wir allein ihrer zentralen Lage wegen immer wieder buchten. Sie trug einen italienischen Namen – Villa delle Palme – und wurde von einem stets schlechtgelaunten Tunesier betrieben. Palmen gab es keine in dem kleinen Garten, dafür streunten Dutzende Katzen und unkastrierte Kater durch die Zimmer. Männerbesuch jedoch war strikt untersagt.

An der Villa delle Palme angelangt, legten wir dem Fahrer sein Geld auf die Ablage zwischen den Vordersitzen. Er behielt beide Hände am Lenkrad und drehte nur den Kopf in unsere Richtung.

»Noch nie«, schimpfte er los, »noch nie in meinem ganzen Leben habe ich zwei Frauen so viel reden hören.«

»Ihr seht doch«, er musterte uns kurz, »gar nicht so schlecht aus. Warum redet ihr bloß so entsetzlich viel?«

Er konnte sich kaum beruhigen. Vor lauter Zorn hätte er fast vergessen, das Geld an sich zu nehmen.

Mein Koffer, den ich in der Villa delle Palme die Treppe hochwuchtete, war doppelt so groß wie Mariannes, die vernünftiger packte und überhaupt weniger Kleidung besaß. Sie war viel kleiner als ich und hätte sicher nichts dagegen gehabt, als sportlicher Typ bezeichnet zu werden. Sie trieb zwar keinen Sport, aber sie trug flache Schuhe und Jeans und schminkte sich kaum.

Meine geblümten Seidenkleider, die ich mit breiten Ledergürteln an der Taille zusammenschnürte, die spitzen, roten Pumps und die langen, roten Fingernägel monierte sie nicht –, es war nicht ihre Art, andere zu kritisieren – aber sie fand das sicher alles sehr unpraktisch.

Hin und wieder borgte sie sich ein Kleid, wenn wir auf Partys gingen. Meistens Stretchkleider von Kenzo oder Alaïa, die sich an ihren so anderen Körper anpassten. Die Kleider wurden stets mit vielen Komplimenten bedacht, allerdings nur, wenn sie sie trug.

Bevor wir unsere Festivalpässe abholten, schauten wir im »Majestic« bei Julian vorbei.

»Oh, hi!« Er freute sich außerordentlich, uns zu sehen.

Er sagte, wie toll wir aussähen und dass er alles in seiner Macht Stehende für uns tun werde. Das wollte etwas heißen, denn auch Julian war in den vergangenen Jahren aufgestiegen.

Er händigte uns Formulare aus, auf denen alle verfügbaren Gesprächspartner aufgelistet waren. Sie ähnelten den Frühstücksbestellungen für den *Room-Service*, die nachts am Außenknauf der Türen jener besseren Hotels schaukelten, in denen die von uns angekreuzten Menschen wohnten. Natürlich balgten sich weiterhin alle um dieselben Kandidaten, während Menschen aus seltsamen Territorien oder ohne aktuellen Film ganz ohne Nachfrage blieben.

Julian überflog die von uns markierten Namen und runzelte ein wenig sorgenvoll die Stirn.

»Können wir irgendetwas für *dich* tun?«, fragte ich, und Julian nickte erleichtert.

Mandy Smith war neunzehn und spielte in keinem Film mit. Sie war seit sechs Jahren hauptberuflich die Geliebte von Bill Wyman und bewarb jetzt ihre erste Platte.

Der Bassist der Stones war dreiunddreißig Jahre älter als sie, das konnte man seit langem in Zeitschriften nachlesen, die sich mit derlei beschäftigten. Er war nicht in Cannes, aber die Kollegen beim Gruppeninterview fragten alle nach ihm.

Mandy zeigte sich angemessen begeistert von Bill und ihrer neuen Platte und der Tatsache, dass ich aus Deutschland kam, denn da verkaufte sie sich besonders gut. Sie trug einen rosa Wuschelpulli mit kurzem Arm und weißglänzende Stretchhosen. Ihre Augen schimmerten feucht.

Marianne machte ein paar Photos, die niemand abdrucken würde, und Julian war bedient.

Stunden später traf ich in der Toilette des Hotel Majestic erneut auf Mandy. Sie stand vor der verspiegelten Fläche über den Waschbecken und pinselte pinkfarbenes Gloss auf ihre aufgeworfenen Lippen. Als sie mich hereinkommen sah, schnellte sie herum.

»Es ist so wundervoll, dich zu sehen!«

Ihre Hüftknochen traten unter dem straff gespannten Stoff

der Stretchhose hervor. Es war klar, dass sie froh war, auf einen Menschen zu treffen, den sie, woher auch immer, kannte – Nein, nicht einen Menschen, eine Frau.

Sofort schämte ich mich für mein routiniertes Desinteresse während des Interviews.

»Hi, Mandy«, erwiderte ich, »ich freue mich wirklich auf deinen Auftritt in Deutschland.«

Das war geschwindelt, aber die Wärme in meiner Stimme war echt.

Mit einem Mal umarmte sie mich, nein, sie klammerte sich an mich. Ihr Kopf bohrte sich in meine Achselhöhle.

»Ich werde ihn heiraten, weißt du?«

Das wusste ich natürlich nicht, und so richtig fiel mir dazu auch nichts ein, aber es ging ihr um etwas ganz anderes.

»Bin ich hübsch?«, fragte sie mich und trat eine Armlänge zurück, dann, abschwächend: »Sehe ich okay aus?«

Sie sah mich flehend an. Sie wollte wissen, was wir alle wissen wollen: dass wir hübsch sind, dass es ausreicht, unser Hübschsein, damit wir genügen.

Sie wollte es von mir wissen, einer Frau, die ganz andere Sachen machte als sie, aber ihr in ihren schimmernden Augen gut genug schien, um jenen Trost zu spenden, den sie für die Männer da draußen brauchte.

Ausgerechnet an mich klammerte sie sich. Ich machte ja gar keine anderen Sachen, ich brauchte nur diesen Trost nicht. Ich, das Fähnchen im Wind mit den Fähnchen am Leib, ins selbe Bangen verstrickt: »Sehe ich okay aus?«

Jeden Morgen rannten Marianne und ich wieder, das Croissant in der Hand, mit Kollegen aus aller Welt die Altstadtgassen hinab, vorbei an frisch gesprengten Blumeninseln und weiter treppauf in den großen Saal im Palais du Festival. Um neun Uhr früh spielte sich der erste Film des Tages ohne Schaulaufen und Schaulustige und Fanfaren ab.

Besonders eifrige Kollegen schrieben während der Vorführung mit einem beleuchteten Kugelschreiber Dinge auf. Wahrscheinlich waren sie gar nicht eifrig, sondern bloß zu alt, um sich zu erinnern, dachte ich mit Blick auf meinen kritzelnden Sitznachbarn und dessen weißes Resthaar. Auf jeden Fall sahen sie weitaus mehr Filme als wir, weil sie keinerlei Interviews führten, schon gar nicht, um irgendjemandem einen Gefallen zu tun.

Jane Fonda, die ich nicht Julians wegen, sondern für die gut zahlende Frauenzeitschrift interviewte, war auch ein wenig in die Jahre gekommen und ziemlich neben der Spur. Pflichtschuldig lobte sie Regisseur und Schauspielkollegen des Filmes, für den sie nach Cannes gekommen war. Dann schweifte sie rasch ab, sprach vom großen, unbeeinflussbaren Schicksal und von den kleinen Dingen, die im Laufe der Zeit immer wichtiger würden.

Es war kein Gruppeninterview, also blieb es mir überlassen, herauszufinden, was sie da redete.

Mir gefielen Gruppeninterviews gut, man musste sich wenig bis gar nicht vorbereiten, und mit Hilfe kundiger Kollegen aus aller Welt ergaben dreißig Minuten kollektiver Fragerei eine Doppelseite im Heft. Im Fall verpasster Termine tauschten wir mit den anwesenden Kollegen Tonbänder und Manuskripte wie die Fans am Teppich ihre Autogrammkarten.

»Was genau meinen Sie denn mit, äh, also mit ›kleinen Dingen‹?« Jane Fonda sah mich wissend an:

»Wenn du in deinen Zwanzigern bist, glaubst du an die große Liebe und daran, die Welt zu verändern.«

Ich nickte. Wenigstens das mit den Zwanzigern stimmte ja.

»Und irgendwann stellst du fest, dass du dich geirrt hast, und setzt dich mit einem Glas Rotwein an den Kamin und versuchst herauszufinden, wer du wirklich bist.«

Sie zog gedankenverloren an ihrer Zigarette – bitte kein Photo mit Zigarette, hatte ihr *Publicist* Marianne angewiesen – und blickte von der Terrasse des Eden-Roc aufs offene Meer:

»Und die Erkenntnisse, auf die du stößt, sind wie Kissen, die dich stützen und wärmen. Ja, diese vielen kleinen Kissen bilden dein Zuhause, du nimmst sie mit, wohin auch immer dich deine Reise führt ...«.

Später erzählte mir Julian, dass ihr langjähriger Ehemann und Vater ihres Sohnes sich kurz zuvor von ihr getrennt hatte. Ich beschloss, den Quatsch mit dem Wein und den Kissen erst gar nicht abzutippen und etwas zu ihrem Film und ihrer Rolle zu schreiben, das sie gesagt hätte, wenn ihr Mann geblieben wäre.

Die eine würde heiraten, die andere wurde verlassen – ich verstand nicht, warum Frauen sich von Männersachen zu derlei Offenbarungen oder gar Ausfällen hinreißen ließen. Marianne verstand es durchaus. Auch sie konnte eines Mannes wegen auf eine Weise verstört sein, die ihren robusten Pragmatismus aushebelte. Dann lief sie gegen Laternenpfähle oder wurde unvermittelt ohnmächtig.

Einmal gefiel ihr ein Künstler aus Düsseldorf, aber sie traute sich nicht so recht an ihn heran. »Ach was«, sagte ich und goss ihr ein Glas von dem Cognac ein, der seit Jahren in meiner Küche herumstand, »einfach klingeln und schauen, was passiert.«

»Und wenn er nicht da ist?« Marianne blieb skeptisch.

Ich ging zum Schreibtisch, auf dem das Telefon und der Anrufbeantworter standen, und wählte seine Nummer. Als er »Ja bitte« sagte, legte ich auf: »Na also.«

Ich schenkte Marianne nach. Mechanisch leerte sie das Glas. Das ungewohnte Getränk zeigte Wirkung.

»Aber ich kann doch nicht einfach ...« Sie verstummte.

Ich lief ins Schlafzimmer und zerrte eine weiße Leinenjacke aus dem vollgestopften Kleiderschrank, die Marianne sich häufig bei mir auslieh. Sie hatte einen blauen Farbklecks an der Seite, der in der Reinigung nicht herausgegangen war. Das passte hervorragend zu einem Atelierbesuch bei einem Künstler, fand ich.

»Wenn du fährst, schenke ich dir die Jacke. Jetzt sofort!«

Der Trick funktionierte. Ich begleitete sie bis zu ihrem praktischen Saab und sah ihr nach, als sie mitsamt ihrer zu großen neuen Jacke ziemlich betrunken losfuhr.

Die Sache ließ sich gut an, endete nach einigen Monaten jedoch sehr schmerzhaft, und Marianne begann, gegen Laternenpfähle zu laufen. Die Jacke allerdings trug sie weiterhin. Die hatte für sie rein gar nichts mehr mit dem Künstler zu tun. Sie hat sie auch dieses Mal in ihren kleinen Koffer gepackt und zog sie über, wenn sie im klimatisierten Kinosaal fror.

Klar war diese Jacke nichts als ein Stück Stoff, wenn man es pragmatisch betrachtete. Mir jedoch machte Pragmatismus auf dieselbe unbestimmte Weise Angst wie Zuverlässigkeit.

Anders als offensichtlichem Irrsinn oder eindeutiger Schwäche wohnt den guten Eigenschaften etwas Unberechenbares und Vorläufiges inne.

Niemand wusste das besser als Jane, die in diesem Jahr ihren ersten Spielfilm im Wettbewerb zeigen würde. Ich hatte nichts mehr von ihr gehört oder gesehen und freute mich über ihren Aufstieg in die Liga der A-Festivals. Und ich freute mich auf ihren Film.

»Sweetie« zu schauen war mein zweiter Spaziergang mit Jane: Ihre Hauptfigur Kay ist eine ernste junge Frau, der eine Wahrsagerin prophezeit, sie werde sich in einen Mann mit einem Fragezeichen auf der Stirn verlieben. Eine entsprechend geformte Stirnlocke ist Kay Anlass genug, einen Fremden seiner Verlobten zu entreißen und ihn selbst zu heiraten. Jane macht keinerlei Hehl daraus, dass es der Beschluss ist, der zwei Menschen verbindet. Der Beschluss, das Fragezeichen zu ignorieren.

Kay spinnt vollkommen, wie es alle tun, wenn man richtig hinschaut. Ihre riesigen Augen starren auf eine Welt, der sie Erkenntnisse und Zusammenhänge abringt, indem sie sie eigenhändig erfindet. Sie hat Angst vor Bäumen, und sie hasst ihre Schwester Dawn, genannt »Sweetie«. Die ist dick und schamlos und anders als Kay ohne Glauben an das Übersinnliche, aber voller Pläne für eine Zukunft im *Showbusiness*.

Jane wollte die ungleichen Schwestern weder befrieden noch behausen. Sie schob sie in einer bonbonfarbenen Bildwelt herum, die ihre Inszeniertheit so offensiv zu Schau stellte wie Sweetie ihre mächtigen Brüste. Beide Schwestern und die nicht minder durchgeknallten Eltern kitteten die Risse in der Seele auf eigene Weise. Es taten sich jedoch immer neue auf, sie durchzogen die Bilder und Geschichten und verschluckten jedwede Hoffnung.

»Sweetie«, der Film, war ebenso eine Zumutung wie Sweetie, die schamlose, nervtötende Titelheldin. Und genau darauf hatte Jane es auch angelegt. Während der Pressevorführung verließen etliche Journalisten demonstrativ den Saal. Nach Filmende gab es Buhrufe.

Die Journalisten wollten nicht sehen und nicht verstehen, dass Jane, wie sie es mir im *Royal Botanic Garden* erzählt hatte, einfach das Leben, das man sich ersehnt, mit all dem verknüpft, was das Schicksal einem zugewiesen hat. Und »man«, das waren doch hier wirklich einmal wir alle. Das konnte man doch kapieren, so offensichtlich, wie es war.

»Nah, die Weiber woarn schiach«, beschwerten sich auch die beiden Wiener beim geschnorrten Wein. Wir standen, wie jede Nacht, vor dem »Petit Carlton«, einer überfüllten Eckkneipe an der Rue d'Antibes. Ich betrachtete ihre fettigen Haare und die kariösen Vorderzähne und dachte an ihre elegischen Texte über unerreichbare Filmschönheiten.

»Also, bei aller Liebe, aber das war nichts ...« Auch ein unzureichend mit Spesen ausgestatteter Regisseur und sein Drehbuchautor schüttelten die Köpfe. Die beiden ehemaligen DEFA-Größen hatten die vorige Nacht auf dem Teppich in unserem Zimmer verbracht und am Morgen versucht, unbemerkt die Regenrinne der Villa delle Palme hinunterzuklettern. Der Pensionswirt wartete jedoch bereits unten im Garten und schimpfte fürchterlich. Mit knapper Not durften wir unser Zimmer behalten.

Sie alle hatten nicht recht. Sie verwechselten etwas. Mir

war nicht klar, wo genau das Missverständnis lag, aber ihre Idee vom Kino vertrug sich nicht mit der von Jane.

»Mah, die Laura San Giacomo beim Soderbergh, die is fesch«, verkündete einer der beiden Wiener, und alle Jungs nickten.

»Das ist doch gar nicht der Punkt.« Ich unternahm einen letzten Versuch, zu klären, dass es nicht um fesch oder nicht fesch ging.

»Soderbergh hat mir gestern gesagt, er hasst Los Angeles, weil es dort wichtiger ist, gut auszusehen, als sich gut zu fühlen.« Ich blickte in die Runde. »Und er hat gesagt, er fühlt sich so hässlich, wann immer er an den Billboards mit den schönen Menschen vorbeifährt. Und er will sich nicht so fühlen.«

Die Wiener blickten mich begeistert an.

»Geh, du hast den Soderbergh kriegt, gibst uns den? Könntst von uns den Spike Lee ham, wonns moagst.«

Am Tag der Abreise teilte der Wirt Marianne und mir mit, dass er uns im kommenden Jahr nicht mehr als Gäste beherbergen wolle. Das habe, fügte er hinzu, nicht allein mit dem unerlaubten Herrenbesuch zu tun.

Seine generelle Unfreundlichkeit und der strenge Geruch, den besonders die Kater überall im Haus hinterließen, machten das zu keiner besonders traurigen Nachricht. Und doch war dieser ruppige Abschied, wie der Wutausbruch des Taxifahrers zehn Tage zuvor, Ausdruck einer Ablehnung, die mir mit einem Mal naheging, wie die Ablehnung von »Sweetie« mir naheging.

Weil sie gar nicht uns meinten, sondern ein Prinzip, gegen das wir verstoßen hatten, ohne es zu kennen.

SIEBEN

Das Ticket für die Premiere von »Top of the Lake« liegt im Raum »Renzo Piano« für mich bereit. Ein Mitarbeiter aus dem Presseteam der Berlinale überreicht mir einen Umschlag mit Sichtfenster. »Sieben Stunden, das ist aber mal ein Wort …«

»Och, zur Not kann ich ja während der Vorstellung ein bisschen Schlaf nachholen …«

Ausführlich tauschen wir uns über die Dauer unserer Nachtruhe und deren Folgen aus. Fehlender Schlaf ist ein beliebtes Thema nach der ersten Hälfte des Festivals. Ein »*Me too*-Thema«, wie es meine Redakteurin bei der Frauenzeitung damals nannte, als sie mich bat, in 10 000 Zeichen der Frage nachzugehen, ob man sich vor einem *One-Night-Stand* abschminken solle.

»Und, wie lautete Ihre Antwort?«, der Pressemann ist ernsthaft interessiert. Dabei hatte ich doch nur einen großen Bogen um die wahre Ursache meiner Schlaflosigkeit machen wollen.

Die Adresse vom Sepp habe ich längst herausgefunden, den Plan, dort klingeln zu gehen, hingegen verworfen. Den Mann vor Ablauf der Sperrfrist zu sehen würde alles schlimmer machen. Ihn nicht zu sehen ist genauso schlimm. Der Gedanke an das ungewisse Ende der verordneten Abwesenheit bleibt der schlimmste. Ich starre auf das Ticket.

»Ist, ähm, Jane Campion eigentlich schon in der Stadt? Eher nicht, oder, wenn die Premiere erst übermorgen ist?«

Unser Gespräch wird von hereinstürmenden Journalisten aus aller Welt beendet. Sie haben gerade Steven Soderberghs Wettbewerbsbeitrag »Side Effects« gesehen. Ich nicht. Ich lasse nach, was die Sichtung der Neun-Uhr-Filme angeht. Nicht weil ich verschlafe, sondern weil ich morgens, den Blick starr an die Decke gerichtet, keine Antwort auf die Frage finde, warum ich jemals wieder aufstehen soll.

Die Journalisten sichern sich die letzten Ausgaben von »Hollywood Reporter« und »Screen International«, die auf den Tischen zwischen Pressemitteilungen und den Hinweisen auf Zusatzvorführungen stark nachgefragter Filme ausliegen. An Stellwänden sind Artikel zum Festival und zu seinen Gästen mit Reißzwecken gepinnt.

Auf der Pressemitteilung zu den prominenten Gästen des Festivals sind auch Janes Name und die Dauer ihres Aufenthaltes vermerkt. Ich hatte verschiedene Möglichkeiten durchgespielt, um unser Wiedersehen herbeizuführen. Als ich erfuhr, dass ausgerechnet der freundliche Julian der zuständige Pressebetreuer war, entschied ich mich für die Interview-Variante.

Julian hatte sich vor Jahren mit einer eigenen Firma selbstständig gemacht, aber im Gegensatz zu mir nie den Beruf gewechselt. Ich solle am Dienstag, also heute, in seinem temporären Büro vorbeischauen, um den Termin abzustimmen, hatte er mir auf meine Anfrage in einer mit etlichen »*lovelys*« versehenen Mail geantwortet.

Das Wiedersehen mit Jane am Tag nach ihrer Premiere habe ich also in der Tasche. Noch dreimal schlafen. Versehentlich strahle ich einen konsterniert blickenden Italiener mit vor der Brust baumelndem RAI-Badge an und verlasse den Raum »Renzo Piano«.

Im Flur verfolgen Nachzügler vor dem überfüllten Nachbarsaal die Live-Übertragung der Pressekonferenz zu »Side Effects« auf Monitoren. Steven Soderbergh sitzt zwischen seinen Schauspielern Rooney Mara, Jude Law und Catherine Zeta-Jones, die alle sehr gut aussehen, und scheint alles im Griff zu haben.

Ich denke, er hat die Sache mit dem Sich-gut-Fühlen-anstatt-gut-Aussehen geklärt. Er kann inzwischen mit der Schönheit anderer umspringen, wie er will.

Mag sein, er hatte damals einfach Liebeskummer und wollte ihn an den schönen Menschen auslassen.

Ich gehe am Behinderten-WC vorbei nach draußen. Liebeskummer, auch bloß so ein Wort für einen Zustand, in dem man nicht weiß, wohin mit sich.

Die Krähen sitzen lautlos und in großer Zahl auf gleichmäßig gepflanzten Bäumen vor den zeitgleich errichteten Gebäuden am Potsdamer Platz. Am Hinterausgang des Hyatt warten Autogrammjäger hinter der improvisierten Absperrung. Im benachbarten Steakhaus essen Menschen hinter der vollverglasten Ladenfront ihre Steaks, vor den Kassen des Cinemaxx, an denen Restkarten ausgegeben werden, haben sich lange Schlangen gebildet. Die Geduld der Zaungäste wird allein von ihrer Genügsamkeit übertroffen: Sie nehmen, was sie kriegen können.

Ich stolpere, das Ticket für Janes Vorführung sorgsam verstaut, über den von Rollsplit versehrten Schnee am Sony Center. Mir ist kalt. So warm kann ich mich gar nicht anziehen, so weit kann ich mich gar nicht von dem vollverglasten

Potsdamer Platz entfernen, als dass sich daran irgendetwas ändern ließe.

Am Stelenfeld setzen die Besucher auf dem vereisten Boden sorgsam einen Schritt vor den anderen. Ein paar Jugendliche nehmen Anlauf und schlittern durch die schmalen Gänge des Denkmals für die ermordeten Juden. Prompt werden sie von den Älteren zurechtgewiesen: »Hört sofort auf, hier so einen Mist zu bauen!«

Auf dem Pariser Platz stehen Reiseleiter vor Touristengruppen und zeigen auf das Brandenburger Tor. Ein Leierkastenmann spielt *Amazing Grace*.

Mist ist in Janes Sprache der Dunst. Er liegt auf dem Meer am Kare-Kare-Strand, in das Holly Hunter, an ihr Piano geseilt, mit frisch abgehacktem Finger hinabsinkt; auf den sattgrünen neuseeländischen Feldern, über die Janet Frames wechselnde Darstellerinnen mit leuchtend rotem Haar eilen; er wabert durch die Gassen von Hampstead, die Abbie Cornish in »Bright Star« schmachtend durchquert.

Als kleinen Gruß atme ich aus geplusterten Backen eine Dunstwolke in die Berliner Winterluft, bevor ich die Tür des Cafés Einstein öffne.

Herr Wollstein streckt mir seine warmen Hände vom hinteren Ende der Theke entgegen. Er steht vor dem dicken Buch mit den handschriftlichen Reservierungen und wartet auf mich und alle anderen Wärmebedürftigen.

Wir fliegen aufeinander zu: »Meine Kleene ...«, sagt er zärtlich und führt mich an einen freien Tisch. Es gibt immer genau einen freien Tisch in Herrn Wollsteins proppenvollem Hinterzimmer, und er gehört immer mir.

Allein an meinem frisch eingedeckten Vierpersonentisch,

blättere ich im Berlinale-Journal. Auf dem Titelblatt reckt ein weißer Bär seine Tatzen in die rote Bildfläche, als boxe er Schatten. »Top of the Lake« läuft als »Berlinale Special«, eine Reihe für Sondervorführungen. Behinderte Kinder werden in den USA als *special* bezeichnet. Das passt zu Jane und allem, wofür sie sich interessiert. Wieso hat sie überhaupt eine Serie gedreht, das Fernsehen hatte sie doch mit »Sweetie« hinter sich gelassen. Alle machen inzwischen Serien, ich weiß, aber das ist kein Argument. Nicht für Jane.

Herr Wollstein lächelt mich an, die zarten Wangen erhitzt von der Liebe zu seinen Gästen und allem, was er für sie tun kann. Für mich kann er eine Menge tun. Mit seinen warmen Händen, seinem warmen Herzen und der vollständigen Hingabe an einen sich ständig neu zusammensetzenden Gästekörper. Herr Wollstein ist das Einstein. Das ›Einstein‹ ist Herr Wollstein. Sogar die Namen neigen sich einander zu.

Im Grunde ist das Einstein ein Laden für Angeber mit Manschettenknöpfen und ihren Kofferträgern, war es immer schon, aber das fällt nur an jenen freudlosen Tagen auf, an denen Herr Wollstein freihat. Das kommt selten genug vor, und so blickt er auch jetzt glücklich lächelnd auf das Berlinale-Journal und erfreut sich an seiner Vermutung, dass ich mich an der Berlinale erfreue.

Einmal kam er zu einer Feier in meine Wohnung am Strausberger Platz und brachte mir eine Duftkerze mit – Hyazinthe. Ich habe sie mitgenommen an den Adi. In das dunstweiße Glas ist die Inschrift gefräst: »Ein Leben voller Wunder ist ein wundervolles Leben«.

Die Luft im Einstein ist von sattem Kaffeeduft durchdrungen: So einladend ist dieser Kaffeeduft, so andauernd intensiv, dass er – wie die Tees, die heiße Liebe oder wahren Trost oder leuchtende Aura mit ihrer Blattmischung verkaufen – Teil olfaktorischer Managementstrategien sein muss. Das aromatisierte Lokal.

Das Einstein serviert auch Tee, aber mehr noch und lieber doch Kaffee, den gibt es hier päckchenweise zu kaufen, als Souvenir für die Touristen. Diversifizieren des Markenkerns nennen das zwei Männer am Nebentisch, die, über dampfende Tagesgerichte gebeugt, einander irgendwelche Vertriebskonzepte darlegen.

Marktlücken, Geschäftsideen, Umsatzkurven – auch der Mann verkehrt in dieser Welt und trägt Manschettenknöpfe mit Monogramm. Seit fünf Jahren sage ich mir, dass das alles nichts zu bedeuten hat, mindestens nichts Schlechtes.

Vielleicht hätte ich das auch ihm einmal sagen sollen, anstatt ihm ständig seine Geschäfte um die Ohren zu hauen, denke ich beim Warten auf die bestellte Portion Kaiserschmarrn mit warmem Pflaumenmus. Trostessen.

Bei meinen ersten Besuchen im Einstein nahm ich anstandslos im vorderen Bereich Platz, wo leere Tische nicht umgehend mit »Reserviert«-Aufstellern markiert werden. Bis Herr Wollstein mich an der Tür abfing und sanft, aber bestimmt aus der Touristen- in die Stammgastzone überführte.

Ebenso bestimmt werden beherzt in den hinteren Bereich stürmende Touristen vom Personal auf die vorderen Plätze verwiesen, was manchen gar nicht passt – »Aber Frollein, da ist doch noch so viel frei!« –, weil sie nicht um die Zwei-Klassen-Regelung wissen oder sie gezielt aushebeln wollen, um in die Nähe der möglicherweise anwesenden Prominenz zu gelangen.

Touristen mögen Prominente, die sie Promis nennen, um

sie zu vereinnahmen, wie sie zuvor die Sehenswürdigkeiten rund um Unter den Linden vereinnahmt haben: Holocaust-Mahnmal, Brandenburger Tor, das neue alte Adlon, die russische Botschaft, das Willy-Brandt-Museum schräg gegenüber und gleich nebenan der Berlin-Ableger von »Madame Tussaud's«, wo die Hitler-Figur von zwei Sicherheitsbeamten geschützt wird.

Mit Jane könnte ich hier ganz in Ruhe gemeinsam sitzen. Es ist, wie es so heißt, still um sie geworden. Die Pausen zwischen den letzten, allesamt nicht mehr erfolgreichen Filmen sind immer länger geworden. Mag sein, dass sie deswegen ins Serienfach gewechselt ist.

Ich bin ins Fach der ernsten Beziehung gewechselt. Ernst ist es, wenn man nicht rauskommt – weil man es nicht schafft oder weil man es nicht will. Vor allem aber, wenn das eine vom anderen nicht zu unterscheiden ist. Weil ja der Mann so herzensgut ist und sein Körper so schwer. Weil dieser standhafte Körper jene Heimat bietet, die zu sein der Adi so grandios verfehlt. Weil die Ratlosigkeit so flächendeckend ist, dass sie sich bis ins Kino ausbreitet, wo selbst die Filme mir ihre Antwort verweigern und ich zurück in eine Welt trete, die sich in der Zwischenzeit nicht ins Bessere oder auch nur andere verkehrt hat.

Ich zucke zusammen, und Herr Wollstein errötet. Er habe mich nicht stören, sich bloß verabschieden wollen. Sein Arbeitstag hat wie immer früh begonnen. Jeden Morgen ab fünf Uhr sitzt Herr Wollstein oben in seinem Büro, um vor dem Frühstücksgeschäft Bestellungen und Buchhaltung abzuwickeln. Die Namen seiner Gäste prägt er sich anhand eingesammelter Visitenkarten ein, die er mit Stecknadeln an die Wand über seinen Schreibtisch pinnt. Neben die Ausrisse aus Zeitungen und Magazine mit Bildern von Menschen, die Gäste sind oder werden könnten.

»Ach, klar, ja, schade ... ich muss ja sowieso gleich wieder los, also – vielen Dank.«

Er hat mir den Kaiserschmarrn aufgetragen, blickt mit einem Anflug von Strenge auf die Lektüre neben meinem Teller.

»Am schönsten ist es doch, einfach nur in Ruhe das Essen zu genießen, nicht wahr?«

»Aber ja ...«, ich klappe das Journal zu, »unbedingt. Danke, ich freue mich sehr, dass wir uns gesehen haben.«

Einmal erzählte ich ihm leise, dass der Verzehr in der Karte so bezeichneter Fleischpflanzerl bei einem zurückliegenden Besuch eine leichte Lebensmittelvergiftung nach sich gezogen und mir ein paar unangenehme Stunden im ICE von Berlin nach Köln beschert hatte. Er wusste ja, dass ich viele Jahre zwischen beiden Städten gependelt bin. Er kennt sich aus mit Pendlern, von denen viele bei ihm einkehren und ihm die Griffe der Rollkoffer aus tiefschwarzem Nylon in die warme Hand drücken, damit er sie für die Dauer ihrer Geschäftsgespräche deponiert.

Herr Wollstein hörte ruhig zu, nickte ausdruckslos, der rosige Eifer wich von seinen Wangen. Er verließ mich ungewohnt einsilbig. Ich zuckte die Achseln, war ja keine so große Sache. Eine halbe Stunde später kehrte er zurück, einen imposanten Stapel Speisekarten unter dem Arm, und beugte sich kurz zu mir.

»Ich habe das Gericht von der Karte genommen«, sagte er leise. »Nie mehr wird es im ›Einstein Fleischpflanzerl‹ geben.«

Herr Wollstein weiß von dem Haus im Süden der Stadt, wir sprechen ja immer wieder einmal, wenn er sich kurz an meinen Tisch stellt und mit den Händen die Lehne des Stuhles gegenüber umfasst. Zügig, aber nie hastig bewegt sich der schmale Mann im grauen Anzug durch sein Reich, unfehlbar sein Instinkt, welcher eintretende zu welchem anwesenden Gast zu geleiten ist.

Nur den Mann aus dem Eigenheim hat er ein ums andere Mal allein den Weg zu mir suchen lassen, als bliebe auch ihm unsere Verbindung schleierhaft.

Mit der gleichen Unermüdlichkeit, mit der die Zeugen Jehovas immer wieder erfolglos an unserer Tür klingeln, sucht mich die Frage heim, worin diese Verbindung eigentlich besteht. Der Mann würde jetzt einen Erkenntnis-Joker ziehen und sagen: Wir lieben uns. Er glaubt das. Er fehlt mir. Fehlt er mir?

Der Mann bietet seinen Kunden internetbasierte Lösungsmöglichkeiten, wie es auf der Homepage seiner Firma heißt. Ich weiß nicht, ob es für uns die Möglichkeit einer Lösung gibt. Sicher habe ich keine Probleme, die sein Internet lösen kann. Meine Probleme reißen scharfe Bisswunden in sein Verständnis von Normalität.

Normal ist, wenn man sein Unglück niemand anderem zum Vorwurf macht. Schon gar nicht, wenn man nicht einmal weiß, was genau dieses Unglück ausmacht. Normal ist es, sich zusammenzureißen.

Normal ist es, wenn man zur Serie wechselt, weil man keinen Film mehr finanziert bekommt. – Das nehme ich zurück, bis Jane es mir erklären oder dementieren wird. Manchmal mache ich die ganze Welt schlecht, wenn ich den Mann meine, der ja nicht schlecht ist, bloß macht, dass es mir schlecht geht.

Ich habe zu viel Kaiserschmarrn gegessen. Der Teller ist leer, die Schüssel mit dem Kompott auch. Wenn kein Vorbild, so sollte Herr Wollstein mir zumindest ein Beispiel sein. Für eine Form, die man wahren, an die man glauben kann. Dazu muss man keine Häuser sanieren und keine Rams-Tische kaufen.

Herrn Wollsteins Leben in Festanstellung mit Wohnung in Karlshorst, Dauergattin und zwei gutgeratenen Söhnen könnte man spießig nennen. Es ermöglicht ihm jedoch jene Selbstvergessenheit, von der seine glücklichen Gäste profitieren.

Weil es nicht um das »Prinzip spießig« geht. Ums Prinzip geht es ohnehin nie.

Ich kann mich nicht vergessen. Es gibt so viel zu klären: zwischen mir und dem Mann; zwischen jetzt in Berlin und damals in Köln; zwischen Funktionieren und Entgleisen. Man kann sich entscheiden, wir entscheiden uns ja fortwährend. Für einen Ort, einen Mann, eine Geschichte. Wie entschlossen auch immer wir das tun, es bedeutet keinesfalls, dass nicht weiterhin alles offen bleibt.

Der Mann hält sich gern bedeckt. Sein Leben am Adi wäre ein gutes: ein Haus, eine Katze, ein Garten, heterosexuelle Nachbarn mit funktionstüchtiger Kettensäge zur Rechten, lesbische Nachbarinnen mit zwei Töchtern zur Linken. Unter Nachbarn gibt es viele gemeinsame Themen: Bodenbelag, Rasenpflege, Volleyball – solche Sachen. Und Quadratmeterpreise natürlich, die gehen immer.

Seit zwanzig Monaten lebe ich am Adi und kann es nicht fassen. Die vom Tempelhofer Nachbarschaftsverein winterfest gemachten Beete am Rumeyplan ebenso wenig wie die

Häuser an der Manfred-von Richthofen-Straße mit Gästeklofenstern aus urinfarbenem Riffelglas und frisch angepflanzten Hecken, die, wie die unsere, noch »ein wenig brauchen«.

Ich will vor dem Adi gerettet werden, den ich mir eigens zu meiner Rettung vor der Unentschlossenheit zugelegt habe. Der Mann sollte das Skalpell führen, die sechshundert Kilometer langen Fäden zwischen gestern und heute durchtrennen. Und die Zweifel sollten ausbluten, auf halber Strecke.

Ich muss zu Julian, den Termin abstimmen. Jane hat immer gewusst, dass halbe Sachen nicht funktionieren oder, schlimmer, dass sie funktionieren, aber der Schnitt ins eigene Fleisch nie aufhören wird zu schmerzen. In ihren Filmen bleibt es ein Frauenschmerz. *Only women bleed.*

Wollstein weg, Einstein leer. Ich klappe das Berlinale-Journal mit dem boxenden Bären auf dem Titelblatt zu und bitte um die Rechnung.

ACHT

Jane trug einen großen, schwarzen Hut, als ich sie in Berlin wiedersah. Das dichte Haar quoll unter der weichen Krempe hervor. Ihre Frisur war unverändert, nur ihr Gesicht schien mir schmaler.

Ihr Film »An Angel at my Table«, der auf der Berlinale in einer Nebenreihe lief, erzählte das Leben der einst psychisch kranken Schriftstellerin Janet Frame. Sie wurde von insgesamt drei Schauspielerinnen gespielt, deren kraus aufgestellte Haare in das glühende Rot lichterloh brennender Gedanken eingefärbt waren.

Ich hatte mich für ein Interview angemeldet. Mal gucken, was Jane so zu erzählen hatte über diesen 160 Minuten langen Film. Mein Interesse kühlte ich betont salopp herunter. Mit einem Wiedererkennen rechnete ich vorsichtshalber nicht nach all den Jahren, die seit Edinburgh vergangen waren. Eine Regisseurin traf viele Leute.

»Oh«, sagte sie herzlich, als ich auf sie zukam, »Oh, du bist das.«

Sie saß an einem kleinen Bistrotisch mit runder Marmorplatte und schmiedeeisernem Fuß. Auch ihr grobmaschig gestrickter Pullover war schwarz. Sie sah mich heiter an und natürlich, sie hatte nichts dagegen, dass Marianne während unseres Gespräches Photos machte.

»Äh, ja, also großartiger Film, wirklich«.

Das Standardkompliment war mir sofort peinlich. Seit

Jane mich erkannt hatte, war mir der ganze Abstand peinlich, den ich rein aus Selbstschutz aufgebaut hatte, wie mir mit einem Mal klar war.

Ich hatte mich artig vorbereitet und deutlich mehr Fragen notiert, als die 45-minütige Interviewzeit hergeben würde. Wie die Idee zu dem Film entstanden sei, wie aufwendig das Casting der drei Hauptdarstellerinnen verlaufen war – ich spulte all jene Standardfragen ab, die bereits im Presseheft beantwortet wurden, aber Jane beantwortete sie, als sei es das erste Mal, und ihre Herzlichkeit beschämte mich.

»Ist es nicht komisch, dass Janet Frame zugleich Hauptfigur und Drehbuchautorin dieses Filmes ist?« Noch so eine offensichtliche Frage.

Jane fand das überhaupt nicht.

»Ich interessiere mich ja gar nicht so sehr für Janet Frame«, sagte sie. »Ich interessiere mich allein für das Bild, das Janet Frame von sich hat.« Jetzt lächelte sie nicht mehr, sie grinste.

Wir wussten beide, dass es in Wirklichkeit Janes Bild von diesem Bild war, das sie interessierte. Ein Freibrief, den sie sich selbst ausgestellt hatte.

Ich schob meine Notizen beiseite.

»Janet Frame, wie du sie zeigst, sieht irgendwie aus wie – *Eraserhead* in Farbe. Ich weiß, Schönheit ist eine Option, die du für deine Figuren oft ausgeschlagen hast, aber warum ist sie dir so total egal?«

»Du meinst, ich mag keine schönen Frauen?« Jane lachte.

»Na ja, du weißt schon. Also nicht *nicht mögen*, aber vielleicht ist dir Schönheit zu – offensichtlich?«

»Schönheit ist willenlos, sie macht sich gemein mit den Projektionen des Betrachters«, sagte Jane, die ihren Hut inzwischen abgelegt hatte und für mich wieder sehr schön aussah.

Marianne hatte genug photographiert, packte ihre Kameras ein und verabschiedete sich zum nächsten Termin.

Ich legte meine Ohrringe, schwere Clips mit baumelnden bernsteinfarbenen Plastikgebilden, auf die Marmorplatte zwischen uns und fühlte mich bei Jane geborgen wie bei niemandem sonst in der seit Edinburgh vergangenen Zeit und in der Zeit davor erst recht nicht.

»Sag mal, Jane, misstraust du zuverlässigen Menschen auch so sehr?«

»Nein.« Sie sprach ohne Nachdruck. »Aber als Filmemacherin langweilt mich ihre Berechenbarkeit.«

»Mir machen sie Angst«, sagte ich und zündete mir eine Zigarette an, »weil sie an Regeln glauben und weil sie sich so sicher sind, dass diese Regeln auch gelten. Und Bestand haben werden. Das ist alles so – stabil ...«

Wie in Edinburgh redete ich in der Gewissheit, Jane würde mich verstehen, ohne selber genau zu wissen, was ich meinte.

»Stabil ist doch nicht schlecht«, Jane lachte wieder. »Nimm mich: Ich bin sicher hochneurotisch, aber ich bin nicht instabil.«

»Weil du einfach nicht über Wirkung nachdenkst«, spekulierte ich. »Weil dich das Regelwerk der Wirkungserzeugung genauso wenig interessiert, wie es deine Figuren interessiert. Deswegen kommen Männer in deinen Filmen auch nur am Rand vor.«

Jane nahm einen der Ohrringe in die Hand und hielt ihn fest umschlossen, während sie mich konzentriert ansah.

»Ich kann mir einfach nicht vorstellen, die Geschichte eines Mannes zu erzählen. Aber vielleicht werde ich auch das einmal tun. Noch ist es allerdings wie bei meinen eigenen Liebesphantasien, da kann ich auch nicht die Perspektive des Mannes einnehmen.«

Sie hob die Faust mit meinem Ohrring darin, schüttelte das Handgelenk, als wolle sie Würfel ausrollen.

»Und du, was machst du?«

Das war eine eigentümliche Frage. Ich sah auf meinen beiseitegeschobenen Notizblock, das verbeulte Aufnahmegerät mit dem eingestöpselten Richtmikrophon und verstand nicht, worauf sie hinauswollte.

»Ich, also ..., ich bin – Journalistin. Das weißt du doch, das habe ich doch in Edinburgh schon gemacht.«

Sie beendete das Schütteln und legte den Ohrring behutsam zurück auf den Tisch.

»Nein«, sagte sie leichthin, »nein, das bist du nicht.«

Aha. Okay. War ich nicht.

Der kleine Satz ließ mich während der restlichen Tage in Berlin nicht mehr los. Tage, in denen ich weiter die Journalistin gab, wie ich es in den vergangenen Jahren getan hatte. Die Rolle war mir mit der Zeit vertraut geworden, aber das musste ja nichts heißen.

Ich hatte geglaubt, weil ich als Journalistin gut im Geschäft war, sei das mein Leben. Aber das stimmte nicht. Jane hatte recht. Es hatte sich bloß so ergeben, wie sich Sachen mit bestimmten Männern ergeben hatten, bei denen ich ja auch nicht geblieben war.

Jane hatte in Edinburgh vom Irrtum gesprochen, der durchaus Identität werden könnte, wenn ich das richtig erinnerte. Und davon, dass es kein richtig und falsch gebe. Das stimmte weiterhin. Es war nicht falsch, daheim in Köln an meiner elektrischen Schreibmaschine namens Gabriele aus Filmen und Gesprächen Texte zu machen. Es war bloß – vorbei.

Jane hatte mir nicht gesagt, was ich statt einer Journalistin war. Mich beschäftigte das auch nicht. Es würde sicher etwas passieren. Das tat es immer.

Marianne allerdings wollte sehr wohl wissen, was ich vorhätte, als ich ihr ankündigte, dass es demnächst vorbei sein würde mit der Schreiberei und den Interviews. Sie fragte nicht nach dem Grund, aber sie befasste sich mit den Folgen. Wovon ich leben wolle, ob ich auch die Festivals nicht länger besuchen würde und wie es um unsere weitere Zusammenarbeit stünde.

Sie würde weiterhin photographieren, stellte sie klar.

»Mmh«, sagte ich. Längst begleitete sie auch andere Journalisten zu Gesprächen oder auf Reportagen. Sie brauchte mich nicht für ihr weiteres Auskommen, aber sie machte sich Sorgen um mich, zumindest um meine berufliche Zukunft.

Auch die Menschen, bei denen ich mich drei Monate später in Cannes verabschiedete, waren skeptisch. Die Mitarbeiter der Pressebüros, die trinkfreudigen Kollegen vor dem Petit Carlton, die Produzenten und Verleiher. Und nun?, wollten sie wissen. Nur Julian sagte, freundlich wie immer, ich wisse schon, was ich mache, und hoffte, mich wiederzusehen.

Ich wusste eben nicht, was ich machte, aber ich teilte seine Zuversicht.

Der Rückflug ging von Nizza nach Düsseldorf. Meine Sitznachbarin war eine burschikose Produzentin. Sie war erstaunlich gesprächig und erzählte von ihrem Werdegang, der mich zunehmend interessierte. Nach einer kaufmännischen Ausbildung bei einem Warenhauskonzern habe sie zu einer Stelle als Sekretärin in einer Filmproduktion gewechselt. Zur Produktionsassistentin aufgestiegen, lernte sie dort später viel über das Filmemachen. Das gefiel ihr, aber es genügte ihr nicht.

»Ich wollte nicht mein Leben auf einem Bürostuhl verbringen«, sagte sie und schaute mich von der Seite an: »Verstehst du, ich wollte *mehr!*«

An der Art, wie sie das betonte, wurde deutlich, dass sie es bereits sehr oft genau so gesagt hatte. Aber das machte nichts. Ich verstand sie sehr gut. Ich wollte zwar nicht »mehr«, was immer das sein sollte, aber etwas anderes schon auch und fragte ausführlich nach den Abläufen und dem Alltag in ihrer eigenen Produktionsfirma.

Sie bot an, mich nach einem kurzen Stopp in ihrer Wohnung mit nach Köln zu nehmen, wo sie einen Termin hatte, und mir alles Weitere unterwegs zu erzählen.

Ihre großzügig geschnittene Altbauwohnung war sehr schön, bloß die Einrichtung war zu verspielt und passte nicht zu ihrem Kurzhaarschnitt. Sie zeigte mir auf meine Bitte hin – »Darf ich mal gucken?« – alle Räume. Die letzte Tür führte in ein rosafarben gestaltetes Kinderzimmer. Es wirkte seltsam unbenutzt und ein wenig altertümlich in der Wahl des Spielzeugs.

»Du, ähm, hast ein Kind?« fragte ich vorsichtig.

»Ich hatte«, sagte sie in sachlichem Tonfall. »Einen Sohn, aber er ist früh gestorben.«

Sie habe die Sache inzwischen verarbeitet, erklärte sie auf meinen unbehaglichen Blick hin. Nicht zuletzt, weil es ihren Berufswechsel eingeleitet hatte. Nachdem sie den Säugling durch plötzlichen Kindstod verloren hatte, beschloss sie, ihre Erfahrung in einer Dokumentation zu verarbeiten. Sie gründete eine kleine Firma, und ihr Film »Drei Tage, ein Engel« wurde ihre erste Produktion.

Als sie mich vor meiner Wohnung absetzte, bedankte ich mich herzlich für die Mitnahme nach Köln und die vielen interessanten Eindrücke, wie ich es ihr gegenüber nannte. An einem Wiedersehen war mir nicht gelegen, und das Produzieren von Filmen klang nach ziemlich viel Arbeit.

Aber die Sache mit der Firma gefiel mir, stellte ich fest, als ich mir am Schreibtisch vor meiner elektrischen Schreibmaschine eine Zigarette anzündete. Ein Büro einrichten, Mitarbeiter einstellen, Menschen empfangen und mit ihnen plaudern. Und schöne Visitenkarten verteilen, auf denen ein Firmenname stand, der gut klang.

Es dauerte ein paar Wochen bis ich Marianne und zwei weitere Frauen für eine Firmengründung interessieren konnte. Die eine hatte ich in einer Second-Hand-Boutique kennengelernt, wo uns dasselbe Kleid interessiert hatte. Es war feuerrot und von Thierry Mugler. Über die Brust zog sich eine schwarze, blitzförmige Applikation. Die andere war meine Uni-Bekanntschaft mit den Leoparden-Leggings und den Pralinenschachteln. Ihr »PAM-Kino«-Faible passte zu meinem vagen Unternehmenskonzept von »irgendwas mit Film«.

Das Interview mit Jane erschien, bevor ich es geschafft hatte, alle drei Kandidatinnen verbindlich als zukünftige Geschäftspartnerinnen zu verpflichten. »Wie Frauen ihr Leben leben«, lautete der Titel, es war ein Zitat aus dem Text.

Das hatte sie so nicht gesagt an dem Berliner Bistrotisch.

Eigentlich hatte sie es gar nicht gesagt. Aber auf Mariannes schönem Schwarzweißphoto griff sie sich an den Hals, als zöge sie sich genau diesen Satz aus der Kehle: »Ich möchte dem nachgehen, wie Frauen ihr Leben leben.«

»Nein, das bist du nicht.« – Ein Satz kann ein Leben ändern. Oft ist das vom Sprecher gar nicht geplant und vom Empfänger noch weniger erwünscht. Ein Satz macht, was er will. Er entschlüpft der einen und nistet sich in der anderen ein.

Entscheiden ist nicht abwägen, sondern dem Weg folgen, den ein solcher Satz gebahnt hat. Diesen einen Satz zu finden und auszusprechen, der ein anderes Leben verändern wird, kann nur gelingen, weil man niemals erfahren wird, dass es so gewesen war.

Zu viert setzten wir uns an den ironisch mit »Stammtisch«-Wimpel versehenen Tisch im »Goldenen Hirschen« in der Friesenstraße. Wir wollten erstmals ausführlich besprechen, was die Firma, deren Gründung ich bereits lautstark vermeldet hatte, nun eigentlich machen würde.

Es gab viele Ideen. Eine war die Anmietung eines Berliner Zweitbüros. Weil es sich gut auf der Visitenkarte machte und mir Reisen zu einem bestimmten Mann erleichtern würde. Eine weitere war die Rettung des deutschen Films. Wovor auch immer. Die zügige Internationalisierung unserer im Einzelnen noch zu definierenden Aktivitäten schien uns ebenfalls erstrebenswert. Wir tranken viel und verstanden uns gut.

Am Ende des Abends zogen wir die Kleider hoch und die Schlüpfer hinunter und hockten uns an der belebten Friesenstraße rittlings über den Rinnstein. Es dauerte ein wenig, bis wir alle gleichzeitig Wasser lassen konnten und sich das gemeinsam produzierte Bächlein dampfend Richtung Gulli schlängelte.

Zwei Büros, vier Chefinnen und kein Auftrag: Es konnte losgehen.

Das erste Kölner Büro erhielten wir mietfrei zur Zwischennutzung. Es lag im sechsten Stock ohne Aufzug. Wände und Teppichboden hatten soeben einen Wasserschaden überstanden.

Wir redeten und telefonierten viel, schafften uns stützstrumpfarbene Computer an, deren Monitore um den Bildschirm herum perforiert waren wie zuvor die Lochstreifen der Telex-Fernschreiber.

Die Kollegin mit dem Mugler-Kleid stieg aus, als die Arbeit begann. Wir seien zu rasch professionell geworden. Marianne nahm das als Kompliment.

Vier Frauen, die zu drei Frauen wurden, die beschlossen hatten, der Geschäftsführung, also sich selbst, so lange ein üppiges Gehalt auszuzahlen, bis das Geld auch eingenommen war und die Firma keine GmbH in Gründung mehr war. Und dann natürlich erst recht. Gehalt plus Spesen plus Budget für »Anschaffungen«.

Das erste und das zweite Büro. Die erste und die zweite Bankverbindung, weil mal wer gesagt hatte, man müsse immer zwei Banken haben, um bei Problemen ausweichen zu können.

Ich musste zwei Partnerinnen und die Handvoll Mitarbeiter haben, um mich meinem Nichtstun hingeben zu können. Sie konnten sich meine Arbeit aufteilen, während ich mir Dinge ausdachte.

Die zweite Partnerin war von Leoparden-Leggings auf Escada-Kostüme umgestiegen. Ihren sonstigen Vorlieben war sie treu geblieben und drehte nebenbei Beiträge für das Erotikmagazin eines Privatsenders. In den Anzeigen, die sie im Rahmen diverser Recherchen schaltete, gab sie stets unsere Büronummer als Kontakt an.

Die Anrufe von »Sklave Michael« oder »Dildo-König Mannheim« verstörten insbesondere die Praktikanten, lieferten jedoch nicht den Grund für das Ausscheiden unserer Partnerin. Den Ausschlag gab ihr Mann, der eine Stelle in Oldenburg antreten wollte und darauf bestand, sie solle den Quatsch mit der Firma lassen und gefälligst mitkommen.

Man kann auch mit einer Forderung das Leben verändern. Männer konnten das und machten ungerührt davon Gebrauch.

Obschon ich das mit dem Quatsch gar nicht so falsch fand, war ich doch traurig, dass unser Gullipakt so gar keine Verbindlichkeit entfaltet hatte.

Marianne nahm es sportlich und stellte die Zuständigkeiten um. Sie hatte das Photographieren vollständig aufgegeben und erfreute sich an der vielen Arbeit, die ihr genauso viel, wenn nicht noch mehr Freude machte.

Der Laden lief, wie er es von Anfang an getan hatte, und nur ab und zu fragte jemand, was aus der einen oder der anderen Abtrünnigen geworden war.

Ich wusste nicht, ob Jane sich das so vorgestellt hatte. Wahrscheinlich hatte sie sich gar nichts vorgestellt, sondern mein damaliges Spiel durchschaut, wie sie auch dieses neue durchschauen würde, wenn sie auf einen Besuch in unser weitläufiges Büro käme.

Sie würde auf das frisch verlegte Ahornparkett schauen, mir beim Telefonieren an dem großen Mauser-Schreibtisch zusehen und mich wohlwollend fragen, was ich hier mache.

NEUN

Die Vorstellung im Haus der Festspiele ist nicht voll besetzt, aber das ist üblich bei derart langen Vorführungen. Ich hoffe, Jane weiß das. Sie steht mit dem Festivaldirektor und ihrem einstigen *Boyfriend* Gerard auf der Bühne. Er hat gemeinsam mit ihr das Drehbuch zu »Top of the Lake« geschrieben. Der Festivaldirektor fasst Jane aufmunternd am Ellbogen. Gerard lächelt betont bescheiden. Ich finde ihn sofort blöd.

Jane sagt nichts Besonderes und wirkt entspannt. Sie macht schaukelnde Bewegungen mit dem Kopf, als wiege sie sich, barfuß tanzend, zu den Klängen eines Tamburins. Ihre sehr langen, vollkommen ergrauten Haare schwingen mit. Ja, sie sieht ein wenig aus wie Joan Baez. Die allerdings hat sich in diesem Alter für einen als apart geltenden Kurzhaarschnitt entschieden.

Jane ist mir ein wenig fremd da oben, kein Wunder nach all den Jahren. Und doch macht diese Fremdheit mir ein wenig Angst und trübt die Freude auf übermorgen ein. Bis mir einfällt, dass sie mir eigentlich immer fremd war. Genau das hat unsere Nähe so besonders gemacht, sage ich mir. Das und Janes Unberechenbarkeit.

Nach der Begrüßung des Publikums verlassen alle drei den sich eindunkelnden Saal, aber Gerard und Jane werden im Anschluss an die Vorstellung wiederkommen.

Die Sponsorenkugel explodiert einmal mehr zu loungig variierten Fanfarenklängen auf der Leinwand. Der Festivaltrailer endet im Standbild mit den Logos zahlreicher Kleinsponsoren. Dreihundertfünfzig Minuten Fernsehen im Kino: *La Séance commence.*

Mein Jane-Instinkt schlägt sofort Alarm. Etwas ist falsch an diesen ersten Bildern eines Mädchens, das in der Eiseskälte eines Gebirgssees auf den Tod durch Erfrieren wartet. Noch während sich herausstellt, dass die zwölfjährige Tui im fünften Monat schwanger ist und die energische Kriminalbeamtin Robin herausfinden will, von wem und wohin Tui nach dem Selbstmordversuch entführt wurde, habe ich das Interesse verloren.

Der Fehler ist die Formel, deren erste Variablen diese Exposition unverhohlen ausstellt. Ich habe nichts gegen Formeln, sie berechnen Unterhaltung, aber jetzt gerade habe ich etwas gegen Unterhaltung, weil ich andere Antworten brauche. Und ganz ehrlich, Jane, die Sache mit der missbrauchten Missbrauchsrächerin, die schaue ich mir schon lange anderswo an.

Robin wird von Elisabeth Moss gespielt. Die ist nicht schön, aber bekannt aus »Mad Men« und sicher allein deswegen dabei. Du erzählst ja gern von Frauen, die nicht schön sind, so wie du seit »Portrait of a Lady« von Frauen erzählst, denen es wegen ihrer Schönheit auch nicht besser geht.

Elisabeth Moss aber ist einfach blass. Ich kann sehen, dass ihr diese Blässe total wichtig ist, weil sie ihr den aus ihrer Sicht auf die Figur völlig kontraproduktiven Glamour nimmt. – Glamour jedoch wäre ihr auch mit rosigeren Wangen keinesfalls unterlaufen.

Elisabeth weiß ihre Blässe zu nuancieren, aber ich finde sie trotzdem blöd. Weil ich Janes Hellsichtigkeit nicht finden kann in diesem Spiel, einem streberhaften, sauber herausgearbeiteten Spiel.

Tui hingegen ist außerordentlich hübsch. Sie ist keine Janefrau, auch kein Janemädchen wie die kleine Petze Anna Paquin im »Piano«, sie ist – missbraucht, zwölfjährig, schwanger – eine Fallhöhenbeschafferin, wie sie im Buch seriellen Erzählens dieser Tage steht.

Im Dienst dieses Erzählens hat Jane Handschrift durch Selbstzitat ersetzt. Sie spannt das weibliche Personal ihrer früheren Filme ein, wie sie den einstigen *Boyfriend* Gerard eingespannt hat, um den Plot für sieben Stunden Fahrt durch eine neuseeländische Geisterbahn zu schultern.

Holly Hunter, ihr Haar grau und lang wie Janes, sondert als ein an der Lächerlichkeit schrammender Guru namens »GJ« Weisheiten ab, die man ernst nehmen kann, aber nicht muss. Geneviève Lemon, das dicke, irre Mädchen aus dem Baumhaus in »Sweetie«, ist jetzt eine dicke, irre Frau, deren sexuelles Begehren Jane und Gerard zur Lachnummer machen.

Zur Pause gibt es große, weiche Brezeln im Foyer im Haus der Festspiele. Die mit Salzkristallen verzierte Oberfläche schimmert Ton in Ton mit den braunlackierten Holzpaneelen. Dem unaufgeregten Geraune des Publikums entnehme ich Zustimmung. Weniger Serienjunkies als »Piano«-Fans, schließe ich aus dem hohen Anteil in die Jahre gekommener Besucherinnen mit praktischer Kleidung und achtlosen Frisuren. Ihr frauenaffines Wohlwollen steht in keinem Vergleich zu meiner Enttäuschung nach dieser ersten Hälfte.

Ja, ich bin enttäuscht. Aber dafür kann Jane wahrscheinlich gar nichts. »Top of the Lake« ist, was es ist. Was man sie hat machen lassen. Formel plus Vitamin Jane C. Ich mache ja auch ständig Sachen, die ich nicht gegen mich gerichtet wissen will. Man nennt das Geschäft. Bestimmt war es viel Arbeit, diese dreihundertfünfzig Minuten hinzukriegen. Sich mit dem Ex hinzusetzen, den gemeinsamen Sex zu verdrängen oder gar zu verlachen und als erwachsene Menschen einen erwartungsvollen Markt zu bedienen.

Ich habe gut reden. Ich mache keine Filme. Dafür schäme ich mich ja auch. Bei jedem Film, den ich gucke, schäme ich mich, keine Filme zu machen, sondern bloß so eine Firma zu haben. Am liebsten liefe ich jedes Mal kurz nach Hause, um rasch einen Film zu machen, wie man einen Kuchen backt, um sich bei jemandem zu entschuldigen oder ihn zu trösten.

Wobei ich, ehrlich gesagt, auch das nicht tue, ich backe keine Kuchen. Ich laufe bloß nach Hause und esse Schnittchen, die der Mann für mich vorbereitet hat, um mich zu trösten, ohne zu wissen, wofür.

Die Pause ist vorbei. Weitere 200 Minuten liegen vor mir und dem nur geringfügig dezimierten Publikum. Robins sexy Liebhaber und Ermittlerkollege hat die ganze Zeit gelogen. Und sie selbst wurde also auch in jungen Jahren missbraucht. Und er wusste es, und er wusste auch, von wem. Aber sie wusste nicht, dass er es wusste, als sie Sex mit ihm hatte. – Ich schon.

Der Showdown als Wundertüte, randvoll gepackt mit konfektionierter Auflösungsware. Irgendwie muss man Sachen ja zu Ende bringen, oder Lust auf Fortsetzung machen. Natürlich hatte ich mir etwas anderes versprochen. Jane hatte mir etwas anderes versprochen, mit allem, was vor dieser Serie lag.

Nein, ich bin nicht verletzt, wenngleich »Top of the Lake« mir jeglichen Trost versagt hat.

Ich habe es mir abgewöhnt, mich von allem und jedem verletzt zu fühlen, das arbeitet der Mann inzwischen vollständig allein ab. Jane scheint es sich auch abgewöhnt zu haben. Ihre Ausstrahlung auf der Bühne war von geradezu männlich anmutender Siegessicherheit.

Ich will nicht in das Haus zurückkehren. Aber wo sonst kann ich hin als in das verlassene Haus mit dem zugemüllten Schlafzimmer und dem von schwarzen Heulschlieren überzogenen Kopfkissen. Seit Tagen ist das der einzige Raum, in dem ich mich aufhalte. Der einzige Ort in unserem Haus, in dem wir ehrlich miteinander waren, in dem die Missverständnisse endeten, ist der Raum, vor dem mir jetzt besonders graut, nach sieben langen Stunden im Haus der Festspiele.

Ja, ich bin gegangen, bevor Jane mit Gerard zum Frage-Antwort-Spiel zurückgekommen ist. Die wirklichen Fragen, die Fragen, auf die es ankommt, werde ich ihr persönlich stellen, ohnehin haben sie mit »Top of the Lake« nichts zu tun.

Vielleicht wird das Fragen auch gar nicht nötig sein, weil ihr einmal mehr ein Blick genügen wird, um zu erkennen: etwas von ihr in mir zu erkennen oder von uns allen, die wir Fahrt aufgenommen haben in Richtung einer Katastrophe, die aufzuhalten wir aus eigener Kraft nicht in der Lage sind.

Wer leidet, strebt nicht nach Glück, sondern nach Symmetrie – links schlimm, rechts auch. Gleichgewicht des Schreckens. Mir assistiert das dauerdefekte Fahrrad beim Projekt Verschlimmerung. Auch jetzt steht es, notdürftig abgeschlossen, vor dem Haus der Festspiele, bereit für eine weitere Horrortour.

Es ist längst dunkel und der Weg zum Adi ziemlich weit. Der Mann könnte, auch ohne *Google Maps* aufzurufen, genau sagen, wie weit. Er hat ein Gefühl für Abstand. Und für Sicherheit. Er hat mehrfach angeboten, zumindest das defekte Licht zu reparieren, vorn wie hinten.

Ich sattele auf. Und rase los.

Ihr könnt mich mal, Ampeln. Ihr könnt mich mal, anfahrende Autos. Ich schaffe das. Ich bin schneller, und ansonsten macht ihr gefälligst langsamer. Die Fahrer hupen wütend. Sie wissen um mein Kalkül. Deswegen hupen und schreien sie mich an. Weil sie mich nicht umbringen, aber kleinkriegen wollen. Alles wie daheim am Adi.

Nein, wiederhole ich, an die Adresse des Mannes und der Polizistin mit dem rosa Lippenstift gerichtet, ich will mich nicht umbringen, aber ich will das Ende der Erziehung.

Ampeln lassen sich kleinkriegen, die hupenden Fahrer auch. Bloß die Wurzeln nicht. Das ist das Gesetz der Natur. Überall haben sie die Platten zur Stolperfalle aufgeworfen, auch hier auf der Tauentzienstraße. Mir egal. Dann scheppert das Rad mitsamt seiner schadhaften Bremsen eben über die vom Wurzelwerk gewaltsam deformierten Wege. Wenn das mal schiefgeht.

»Top of the Lake« ist nicht schiefgegangen, dennoch bin ich ganz leer, weil ich meine Jane nicht darin finden kann. Menschen ändern sich. Ich kann das verstehen. Verstehen, egal ob richtig oder falsch, ist Verzeihen.

Der Mann verzeiht mir ständig, ohne mich zu verstehen. Damit Ruhe herrscht. Aber ohne Verstehen komme ich nicht zur Ruhe, sondern falle in Raserei. Das versteht er wiederum nicht, aber da kann ich auch nichts für.

Ich verstehe selber so vieles nicht. Bleibt nur fallen lassen, alles fallen lassen, das Verstehen, ihn, uns, mich. Bereit sein für den Sturz. Den Rausch jener Sekunden vor dem möglichen Aufprall suchen. – Schwerkraft, auch so ein dogmatischer Scheiß.

Mitleid ist es, was man sich am Ende der Fallsucht erhofft. Endlich eine sichtbare Wunde: der Bruch, die Schürfung, die Prellung, das Blut. Verstörte oder vernünftige Fremde, die sich um mich, das Unfallopfer scharen – selbstverschuldet hin oder her. Blut spricht klarer als Schuld.

»Die arme Frau.«

»Oh Gott. Sie braucht Hilfe.«

»Jemand muss einen Arzt rufen.«

Ich höre sie, den Kopf seitlich auf den verkehrswarmen Asphalt gedreht, die Wange im körnigen Schmutz. Er fühlt sich gut an, wie ein aufgerautes Kissen. Ich schaue den abwesenden Mann an, mein Blick eine sanfte, stumme Klage ins Ungefähre. Siehst du, *siehst du*?

Vielleicht sitzen sie ja gerade beisammen, der Mann und sein Sepp, und reden über Frauen, wie sie es verstehen, während ich unbeleuchtet über die Kleiststraße rase. Wie man sie sucht und findet, wie man sie zehn Tage dem Kino überlässt oder wie man sie, zu offensichtlicher Behinderungen wegen, zurückweist.

So war es der Frau mit dem schönen Gesicht ergangen, mit der sich der Linguistensepp auf ein Date getroffen hatte. Sie hatte auch live noch das schöne Gesicht, das ihm auf Profilphotos der Online-Partnerbörse gut gefallen hatte. Aber darunter begann ein von Kinderlähmung gezeichneter Körper die freudige Erwartung zu unterlaufen. Den hatte sie dem Algorithmus verschwiegen. Vielleicht hatte sie gehofft, dass das schöne Gesicht oder gar die innere Schönheit die Versehrung überlagern würde, vielleicht hat sie auf die Wirksamkeit von Neugier oder Mitleid gehofft, wer weiß.

Der Sepp jedenfalls hat sich um keine ihrer Hoffnungen geschert. Was er gemacht habe? – Den Anstandskaffee habe er getrunken, und abgehauen sei er. Bei aller Liebe, aber das sei ihm *too much* gewesen, erzählte er beim Verzehr diverser Würste. Wir nahmen das ohne Widerrede zur Kenntnis, der Mann und ich und wen wir sonst noch zum Grillabend in unseren Garten geladen hatten.

Probleme mit Ansage braucht niemand, und Defekte, erst recht pränatal diagnostizierbare, sind in der Lebensplanung zu vermeiden, da herrschte Einigkeit am Grill. Schicksal war gestern.

Janes Piano spielende Ada war auch defekt, stumm, wie sie war. Wenn der Mann nicht eingeschlafen wäre beim »Piano«, hätte Jane ihm zeigen können, wie es um bestellte Frauen stand, lange vor den Katalogen mit den anschmiegsamen Philippinerinnen, von denen sich unser Fensterputzer in Köln-Longerich eine als Ehefrau geordert hatte, und noch länger bevor das digitalisierte Bestellwesen oder die internetbasierten Lösungen, wie der Mann es nennen würde sich der Austreibung des Schicksals zu widmen begannen.

Freigeben wollte Adas Mann seine gekaufte Braut lange Zeit nicht, obwohl sie die Falsche für ihn und er der Falsche für sie war. Er setzte auf Zeit, Zuwendung und am Ende auf rohe Gewalt. Er gab sich also Mühe.

Vielleicht hält der Mann mich ja auch für die Falsche, aber er hat einen langen Atem und ist, anders als sein Kumpel Sepp, bereit, sich Mühe zu geben mit den Frauen und den Rätseln, die sie ihm aufgeben.

Diesmal habe ich die rote Ampel wirklich nicht gesehen, die ich, wie mir eine auf derlei Vergehen lauernde Polizeibeamtin – »Sie wissen, warum ich Sie angehalten habe?« – geduldig erklärt, an der Kreuzung Kurfürstenstraße/Genthinerstraße überfahren habe.

Ich glaube es ihr sofort, was sie erleichtert zur Kenntnis nimmt. Sie ist drahtig, die dunklen Haare hat sie zum Pferdeschwanz gebunden. Statt rosa Lippenstift hat sie sich für hellblauen Kajal entschieden, um den Unisex-Look der blauen Uniformen mit einem Schuss Weiblichkeit aufzupeppen.

Klaglos bin ich bereit, die sechzig Euro für das Überfahren einer roten Ampel ohne Fremdgefährdung, wie sie es nannte, zu zahlen. Und zwar mit EC-Karte, denn Bargeld dürfen sie nicht mehr nehmen. Anders als die Zwölfjährige, die zehn Meter vor uns raunend einen Beischlaf oder mindestens *Blow-Job* mit einem circa fünfzigjährigen Freier anbahnt, während die Beamtin an dem Lesegerät herumfingert. Sechzig Euro wird das Mädchen, anders als die hübschen, gutgeschnürten Osteuropäerinnen auf der Oranienburger Straße, allerdings weder verlangen noch bekommen.

Das Gerät druckt meinen Beleg. Die Beamtin reißt ihn schwungvoll heraus wie die Schaffner im ICE Berlin–Köln–Berlin. Zeitgleich steigt die Zwölfjährige zu dem ungeduldig dreinblickenden Fahrer in dessen schäbiges braunes Auto von mir unbekanntem Fabrikat.

Ich blicke der Beamtin in die hellblau umrandeten Augen.

»Sagen Sie, sehen Sie das? Ich meine, ich habe ja bezahlt, ist auch total okay, aber sehen Sie das nicht?«

Sie weiß, was ich meine, und sie weiß, dass ich ihre ordnungsgemäße Antwort nicht begreifen werde.

»Nicht unsere Zuständigkeit.«

Sie zuckt nicht mit den Achseln, sie wendet auch den Blick nicht ab. Sie weiß, was ich meine, und sie weiß, was sie zu tun und zu lassen hat.

Mir ist das Rasen vergangen. Während ich langsam weiterfahre, muss ich wieder an Jane denken. Sie kassiert mit ihrer Missbrauchsstory auch an der falschen Stelle, nämlich am Genre statt an Tuis Heilung oder wenigstens an Verzweiflung über die Unmöglichkeit dieser Heilung. Ihr Feingefühl ist in Serie gegangen.

Wir alle suchen Heilung. Jedes Leben lässt sich als Abfolge von Versehrungen beschreiben und als Suchen und Finden von Heilung für diese realen, imaginierten oder übersehenen Versehrungen.

Ich biege auf den Loewenhardtdamm. Die mehrstöckigen Wohnhäuser weichen allmählich den Eigenheimen mit Garten. Es ist nicht mehr weit bis zu unserem Haus.

Häuser verheißen Heilung. Sie sind verortet und stabil und aus Marmor, Stein und Eisen. Wir sind in ihnen aufgewachsen, wir kehren zu ihnen zurück, sobald wir uns den Heilungsphantasien unserer Eltern übereignen, denen ihrerseits nichts Besseres eingefallen war, als mit den Eigenheimen dem Schutt und der Asche der Kriegsjahre die Stirn zu bieten.

Immobilie als Gegengift.

Wir teilen, wenn schon nicht die Krankheit, so doch die Hoffnung mit unseren Eltern, dass in einem stabilen Haus eine stabile Beziehung wohnt. Eine Beziehung, die bereits vor unseren Kinderaugen kollabierte und jene Trümmer produzierte, denen wir mit unseren eigenen Eigenheimen neuerlich zu trotzen wagen.

Müssen wir alles noch einmal nachspielen, mit veränderter Besetzung? Der Mann ist in allem anders als der Vater mit der Prothese. Aber ich bin am Adi nicht anders als seine Frau, meine Mutter, die ihn beschimpfte, die ihren Schmerz ins Kissen der getrennten Betten weinte, die ihren Mann brauchte, um Schmerz zu empfinden.

Ich werfe das Fahrrad vor die Biotonne, schließe die Tür aus geriffeltem Messingimitat auf und trete in das ausgekühlte, dunkle Haus.

ZEHN

Die Oscar-Verleihung, bei der Janes »Piano« achtmal nominiert war, sah ich gemeinsam mit Marianne im Residenz. Ich war wegen Jane ins Kino gekommen, Marianne wegen mir. Die »Oscars« ab Mitternacht bis sechs Uhr früh in deutsche Kinosäle zu übertragen war der Versuch eines TV-Senders, einen bundesweiten *Event* zu schaffen. In Köln war das ziemlich schiefgegangen. Außer uns war nur ein Dutzend weiterer Besucher gekommen, von denen die meisten nach spätestens zwei Stunden verschwunden waren.

Wir hatten Monate vorher gewusst, dass »Das Piano« eine große Sache werden würde. Um neun Uhr früh waren Marianne und ich in Cannes die Stufen zum *Palais du Festival* hochgestürmt mit Kollegen aus aller Welt, die, wie wir, nicht ahnten, was für eine Welturaufführung ihnen bevorstand. Nichts wussten wir, wusste ich, nur einen Film von Jane wollte ich sehen, hier, wo wir einander vier Jahre zuvor anlässlich von »Sweetie« nicht begegnet waren und auch dieses Mal nicht begegnen sollten.

Wir begegneten jedoch Janes Geschöpf, der stummen Pianistin Ada, die sich Mitte des 19. Jahrhunderts im neuseeländischen Urwald wieder und wieder einem tätowierten Wilden hingibt, nachdem sie sich ihres Keuschheitskleides entledigt hat.

Am Ende vom »Piano« lässt sich Ada ins Wasser fallen. Gemeinsam mit ihrem in einer vertäuten Holzkiste verpackten

Klavier sinkt sie in die Tiefe des Pazifiks. Es zieht sie, die das Tauende um den Knöchel ihres Fußes band, weiter und weiter hinab in die Bodenlosigkeit einer Welt, die Frauen die Lust und die Kunst, also die Freiheit versagt hatte. Eine Welt, ausgedacht und beherrscht von Männern ohne Verständnis für alles, was Frauen außerhalb ihrer Machtsphäre begehren und erlangen können.

Ihr Mann hat seine bestellte Ehefrau ziehen lassen, mit Kind, Klavier und dem wilden Geliebten. Nicht ohne der gekauften Braut, die ihn so tief enttäuscht hatte, zuvor einen Finger abzuhacken, sie zu beschneiden. Tiefer kann sie nicht sinken. Die Kiste, das Tau, das sich um ihren schmalen, starren Körper bauschende schwarze Kleid, die Hand mit dem fehlenden Finger – eine Prozession ins Abwärts.

Mit dem Einsetzen der Schlusstitel nach Adas Wiedergeburt drehte das Publikum komplett ab. Und jedem der klatschenden und stampfenden Journalisten war klar, dass wir soeben den Gewinner der Goldenen Palme gesehen hatten.

Das Beste an dieser Auszeichnung, die Jane eine Woche später aus den Händen von Sidney Pollack entgegennahm, war der Abstand zwischen dem Flop von »Sweetie« zum größtmöglichen Triumph von »Das Piano« im selben Kinosaal, fanden Marianne und ich und waren gespannt, ob Janes Siegeszug heute Abend weitergehen würde.

Als Jeremy Irons bei der Verleihung des Oscars für das Beste Drehbuch den Umschlag öffnete und verkündete: »Jane Campion for ›The Piano!‹«, umfasste ein großer Mann mit hoher, glänzender Stirn und einem Grübchen auf der Wange sie in einer Mischung aus Verlegenheit und Besitzanspruch. Er war ihr Ehemann.

Jane betonte das in ihrer kurzen Ansprache: »I thank my *husband Colin*«, als sei es eine ziemlich neue oder eine sehr wichtige Sache.

Ich wusste nicht, ob ich mich darüber freuen sollte, dass ihr Männerwunsch in Erfüllung gegangen war. Vielleicht war dieser Colin ja genauso blöd wie damals Gerard.

Jane trug einen Herrensmoking mit gestreifter Hose und weißem Hemd. Die Fliege hatte sie weggelassen. Sie sah ein wenig aus wie ein Clown. Ihre kurze Dankesrede war jedoch sehr sachlich. Als Studentin habe sie sehr zynisch über derlei Preisvergaben geurteilt, begann sie. Und dass es sich nicht so anfühle, als sei diese Studentenzeit lange schon vorbei. Während sie sprach und freudig lächelte, pendelte ihr Kopf in alle Richtungen, als folge er einer eigenen Regie.

Wir hielten durch bis zum Ende, an dem die Hauptpreise vergeben wurden. Ich war mir nicht sicher, ob Jane noch weitere Oscars gewinnen wollte. Sie war in Wahrheit immer noch skeptisch, was Preisverleihungen betraf. Deswegen hatte sie das gesagt, mit der aktuell gefühlten Nähe zur Studentenzeit. Deswegen dieser im Grunde ziemlich alberne Aufzug. Sie wollte zeigen: Ich gehöre euch nicht.

»Sie fühlt sich da nicht wohl«, sagte ich zu Marianne. »Sie will den Leuten sagen, ich gehöre nicht zu euch.« Die schüttelte den Kopf.

»Quatsch, sie hat doch in ihrer Rede gesagt, dass sie bereits ein paarmal fast geweint hat.«

Marianne hatte selbst Tränen in den Augen gehabt, nachdem Anna Paquin als beste Nebendarstellerin für das »Piano« aufgerufen worden war. Hinter dem viel zu großen Rednerpult angekommen, schnappte die Elfjährige nach Luft wie ein Karpfen auf dem Trockenen. Ihr pumpendes Mäulchen war qualvoll lange nicht in der Lage, Worte abzusondern, bis ihm endlich der hastige Dank an Jane und den Rest des Teams entwich.

»Ja, aber sie findet Weinen blöd, und Anna hat ihr sicher furchtbar leidgetan, die stand doch total unter Schock.«

»Du redest echt kompletten Blödsinn.« Marianne wollte mich nicht verstehen. »Einfach behaupten, du weißt, wie es anderen Leuten geht. Du kennst sie ja nicht mal.«

Natürlich konnte ich das behaupten. Ich kannte Jane, das wusste Marianne doch.

Holly Hunter wurde als beste Hauptdarstellerin geehrt. Ihr schwarzes, enganliegendes Kleid war ziemlich durchsichtig, und sie sah sehr gut aus mit dem langen, offenen Haar, das sie als Ada unter einer weißen Haube verdeckt hatte. Die Trophäe in der einen Hand, die andere Hand aufs Herz gelegt, rief sie ihrer Regisseurin zu: »Jane: *I love you, I love you, I love you!*«

Es saßen viele weitere schöne Schauspielerinnen an diesem Abend im *Dorothy Chandler Pavilion*, und jede von ihnen würde sich gern von Jane auf eine Filmlänge die Schönheit rauben lassen, um ihr – den Oscar in der Hand – dreimal *I love you* entgegenzurufen.

Sicher vernahm Jane in dem frenetischen Beifall, der auf diese Liebeserklärung folgte, das Echo der Buhrufe für »Sweetie«. Vielleicht umfing sie bereits die Stille des ausbleibenden Erfolgs zukünftiger Filme, die sie mit einigen der ehrgeizigen Schönen dieses Abends in Angriff nehmen mochte.

So oder so fühlte sie sich von der Willkür des Erfolgs herumgeschubst, der es jetzt gerade so gut mit ihr meinte. Während Marianne und ich nach stundenlangem Sitzen auf den zunehmend unbequemen Klappsitzen des Residenz-Kinos herumrutschten, wappnete sich meine Freundin im *Dorothy Chandler Pavilion* in Los Angeles, den Oscar in der Hand, den Ehemann an der Seite, für schlechtere Zeiten.

»Guck mal, jetzt ist sie verheiratet, aber in ihren Filmen waren ihr die Männer nie wichtig.«

Marianne tat, als höre sie mir nicht zu. Es machte mir Spaß, sie weiter zu stören. Am meisten störte es sie, wenn ich abstrakt wurde.

»Von den Männern kommt bei Janes Heldinnen nur das Echo ihrer Handlungen an.« Ich redete ziemlich laut, es gab ja keine Sitznachbarn in dem fast menschenleeren Kinosaal.

»Ihre Filme zeigen Männer um der Frauen willen, die von ihnen so oder so behandelt werden.«

Meine Sätze waren interessanter als Tom Hanks' tränenerstickte Danksagung an die Macher von »Philadelphia«, in der er ständig von Gott faselte, fand ich. Die gesamte Oscar-Gemeinde hatte sich zur stehenden Ovation erhoben, als er den Oscar als bester Hauptdarsteller erhielt. Bei Holly waren sie geschlossen sitzen geblieben.

Marianne schwieg.

»Die Männer sollen bloß die Geschichten und Gefühle der Frauen in Gang setzen. Sie müssen Begehren, Sehnsucht, oder Zurückweisung spiegeln, nur dazu braucht sie sie.«

»Mann!«, fauchte sie, jetzt hatte ich sie doch aus der Reserve gelockt: »Halt doch endlich mal die Klappe.«

Ich hatte es ja darauf angelegt, aber einen Stich versetzte ihr harscher Ton mir trotzdem.

Sie sei sehr glücklich, erklärte mir Marianne einige Wochen nach der Oscar-Verleihung. Sie hatte sich verliebt, ganz ohne mein Zutun. Das mit dem Glück wiederholte sie fortan ständig, wahrscheinlich, weil ich jedes Mal ein wenig skeptisch blickte.

Bei ihrem Düsseldorfer Künstler hatte es sich ja auch um die große Liebe gehandelt. Obwohl er nicht sehr nett zu ihr war – die Kunst ging immer vor –, gefiel er mir sehr gut, auch weil ich ihn für sehr mutig hielt. Der Neue, vermutete ich, war nicht mutig und wohl auch nicht wirklich nett zu ihr. Er berührte sie nie, wenn Dritte anwesend waren.

Zu mir war er bemüht freundlich. Mir schien, er sah mich als Rivalin. Er hatte dichtes, schwarzes Haar und auffallend kleine, blaue Augen, die unstet blickten. Für meinen Geschmack war er zu dünn, aber Marianne fand ihn bildschön.

Die Rivalität machte ich an den angeblichen Ähnlichkeiten zwischen uns fest, die er in nahezu jedem Gespräch betonte. »Menschen wie wir ...«, begann er seine Ausführungen, um dann irgendetwas von Visionen und einem Blick fürs große Ganze zu erzählen.

Er betrieb ein paar Kneipen in Köln, die er Bars nannte, behandelte seine Angestellten schlecht und war ein ziemlicher Angeber. Wenn er betrunken war, ließ er sich von – ebenfalls betrunkenen – Stammgästen zu Handgreiflichkeiten provozieren. Die Platzwunden und Prellungen stellte er nicht ohne Stolz zur Schau, und die Stammgäste erhielten Lokalverbot.

Mir war er vollkommen egal, aber sein Einfluss auf Marianne nahm zu. Sie begann sich intensiv mit dem Umsatz der Firma zu befassen, den Möglichkeiten, ihn und mit ihm die

Rendite zu steigern. Das Wort Rendite war bis dahin nie zwischen uns gefallen.

Mit den geschäftlichen Prioritäten sortierte sie auch unser Verhältnis um. Sie war, wenn schon nicht kritisch mir gegenüber, so doch insgesamt weniger beeindruckt von meinen Ideen und der Art und Weise, in der sie mich begeisterten. Vielleicht hielt sie statt ihres Neuen inzwischen mich für eine Angeberin.

Nichts gegen Selbstbewusstsein, aber keinesfalls sollte es auf meine Kosten gehen, fand ich, als sie mich im Büro leicht schnippisch fragte, warum ich meine Bewirtungsbelege eigentlich nicht mal selber ausfüllte.

Wir hatten nie Beziehungsgespräche geführt, doch stand bereits viel zu lang etwas zwischen uns, das sich nicht von allein aufzulösen schien. Nicht, solange dieser Kneipier in ihrem Leben blieb. Und das konnte eine ziemlich lange Zeit werden.

Ich fragte sie, ob sie nach der Arbeit mit mir etwas trinken gehen würde. Sie müsse noch einen komplizierten Vertrag prüfen, sagte sie und schien nicht sehr begeistert von meiner Idee zu sein. Dann schlug sie vor, in seine Bar in der Friesenstraße zu gehen, er könne ja später zu uns stoßen.

Ich blätterte ein paar Zeitschriften durch und schminkte mich ausgiebig vor dem Art-Déco-Wandspiegel in meinem Büro, bis sie mit ihrem Kram fertig war und wir uns gemeinsam auf den Weg zum »Goldenen Hirschen« machten.

Wir nahmen auf der Eckbank der ironisch-rustikal eingerichteten Schlauchkneipe Platz und bestellten Getränke. Ich Wodka-Orange, sie Wasser. Ich atmete tief ein.

»Sag mal, Marianne, ist irgendwas?«

Sie sah mich vollkommen verblüfft an, verneinte rundheraus und erzählte einmal mehr ausführlich, wie glücklich sie sei. Ich trank meinen großzügig gemixten Longdrink und suchte nach einer Frage, die interessantere Erkenntnisse ermöglichen würde. Was genau am Glück so toll sein sollte, zum Beispiel.

Marianne kam jedoch von allein auf den Punkt: »Mein ganzes Leben war ich entfremdet«, sagte sie im Brustton der Überzeugung, »jetzt endlich bin ich angekommen.«

Das war nun wirklich übertrieben, fand ich. Sie blickte konzentriert auf den präparierten Schafskopf rechts hinter meinem Kopf, als richte sie ihre Worte an ihn.

»Ist das dein Ernst, Marianne?« Ich zögerte. »Dein ganzes Leben doch wohl eher nicht. Ich meine, klar, deine Typen waren jetzt nicht immer so – abendfüllend. Meine ja auch nicht. Aber davon abgesehen, war das alles doch oft sehr schön, also unsere Reisen und so ...«

Ich bestellte mir noch einen Wodka, diesmal ohne Orangensaft. Keinesfalls würde ich anfangen, schöne Dinge aufzuzählen, die wir gemeinsam erlebt hatten, als wären wir auf einem Klassentreffen.

Ich ging nicht auf diese Treffen, von denen Marianne mir jedes Mal erzählte. Sie fand es interessant, in den Gesellschaftsräumen *gutbürgerlicher* Restaurants herauszufinden, was so aus den Leuten geworden war. Mich verband nichts mit diesen ehemaligen Mitschülern, außer der in Reihenhäusern verplemperten Zeit.

Marianne schien es inzwischen ähnlich zu gehen, nur dass es unsere Vergangenheit war, mit der sie nichts mehr verband. Diese lustige, leuchtende Vergangenheit.

»Immer«, beharrte sie und sah mich weiter nicht an. »Immer. Entfremdet.«

Mir war gleich aufgefallen, dass sie nur Wasser bestellt hatte. Mehr noch, sie hatte ausdrücklich betont, sie trinke *keinen Alkohol*. Dann kam ihr Neuer. Er gab mir die Hand und schaute mich ein wenig forschend an, bevor er sich neben Marianne setzte und stolz den Arm um sie legte, als habe auch sie gerade einen Oscar gewonnen. Ob ich noch etwas trinken wolle, aufs Haus?

Ich wollte, aber keinesfalls länger unter dem präparierten Schafskopf vis-à-vis dieser demonstrativ zur Schau gestellten Zweisamkeit.

Die restlichen Wodka trank ich also an der Theke, weiter auf Eis und alle aufs Haus. Sein Haus, seine Marianne, sein Damenklo, in das ich nach dem siebten Wodka eine Vergangenheit erbrach, an der nun auch mir die Freude vergangen war.

Marianne strahlte glückselig, als sie zunächst mir, dann dem Team und schließlich der ganzen Welt von ihrer Schwangerschaft berichtete. Es war nicht die Schwangerschaft selbst, sondern die unablässige Glückseligkeit, die mich ratlos machte. Immerhin war sie jetzt gebunden. An das Gewächs in ihr, aber vor allem an diesen Mann, der wirklich nicht wunderschön war, sondern vor allem ziemlich unsicher. Unsichere Männer waren gefährlich. Sie wollten von Frauen vor allem Selbstbestätigung.

Der Vorschlag, zu heiraten, sei von ihr gekommen, erzählte sie mir im Büro, wo sie seit der für sie freudigen Nachricht mit noch größerem Einsatz ans Werk ging. Anscheinend hatte das Ende der Entfremdung ihre Arbeitswut weiter angefacht.

Es veränderte aber auch ihren Blick auf mich. Sie interessierte sich nicht dafür, wie ich das sah, mit dem Baby, dem Mann, uns beiden. Sie interessierte sich schlicht nicht mehr für mich.

Sie hatte mich ausgetauscht. Oder, so sah ich die Sache, sie hatte die Konzepte ausgetauscht. Es machte mich nicht besonders traurig. Menschen kamen einem auf unterschiedliche Weise abhanden. Beunruhigung löste erst einmal allein die Vorstellung aus, mich in nicht allzu ferner Zukunft ohne sie um die Firma kümmern zu müssen.

Marianne war im siebten Monat schwanger und bereits sehr dick, als wir erstmals zu den Hofer Filmtagen fuhren. Zwischen Bauch und Sicherheitsgurt hatte sie ein Kissen geschoben. Auf dem doch sehr langen Weg ins ehemalige Zonenrandgebiet stellte ich artige Fragen zum bisherigen Verlauf der Schwangerschaft, versprach, mich demnächst einmal um einen eigenen Führerschein zu kümmern, und schwieg zu den begeisterten Kommentaren über ihren noch recht frischgebackenen Ehemann.

Unsere Unterkunft war ausgestattet wie ein Softporno aus den Siebzigern. Im Eingangsbereich waren diverse *King-Chairs* aus weißem Skaileder auf riesigen Flokatiteppichen platziert. Kunstpalmen mit goldlackierten Stämmen standen um ein friedlich blubberndes Jacuzzi gruppiert. Die Phototapete über den dunkelbraunen Kunststoffpaneelen bildete einen imposanten orangerot glühenden Sonnenuntergang ab. Passend dazu stand eine Sonnenbank, mittels mehrerer Verlängerungsstecker an die Stromzufuhr gekordelt, quer im Raum.

Die tiefgebräunte Rezeptionistin drückte uns unsere Zimmerschlüssel in die Hand. Sie trug ein weißes Stretchtop.

Der tiefe Ausschnitt stellte ein ziemlich faltiges, in wuchtige Brüste mündendes Dekolleté zur Schau. Der Schlüsselknauf war in Form einer Palme gestaltet, denn, als sei das ein Verweis auf bessere Cannes-Tage: Wir wohnten im »Gasthof zur Palme«.

Alle hatten gesagt, wir müssten unbedingt mal nach Hof kommen, es sei einfach wahnsinnig toll hier. Alle – na ja –, eher hatten es die alten Männer gesagt, fiel mir ein, als ich mich auf das Bett mit dem sicher alles andere als feuerfesten rosa Synthetiküberwurf gesetzt hatte. Und eher nicht die interessanten alten Männer, also solche mit Macht und Jobangeboten. Ich zündete mir eine Zigarette an und las in dem Katalog zur Retrospektive von Tim Burton. Wenigstens die war interessant.

Am Sonntag musste Marianne früh nach Köln aufbrechen, eines Termins mit den Schwiegereltern wegen. Nichts wirklich Wichtiges also, sonst hätte ich mir den Wecker gestellt und wäre früher ins Bett gegangen.

Vor allem aber hätte ich am Vorabend nicht so viel gekifft.

Normalerweise kiffte ich gar nicht. Aber dieses neblige, feuchtkalte Hof mit den deutschen Filmen und den alten Männern mitsamt ihren jahrzehntelang erprobten Ritualen war so schwer zu ertragen wie viermal *(I Can't Get No) Satisfaction* auf ein und derselben Party. Beim vierten Mal ging ich mit einem etwas weniger alten Mann in den kleinen Wald vor der Partyscheune. Wir rauchten seine Joints und knutschten ein bisschen.

Er bot an, mich zum Gasthof zu begleiten. Ich müsse keine Angst haben, erklärte er mir, während wir an buckligen Fachwerkhäusern entlangschwankten. Er sei verheiratet. Zum Abschied griff er mir vor der Tür des Gasthauses pathetisch an die Brüste und murmelte etwas von der Größe des Verzichts.

»Wollte er nicht mit reinkommen?« Die Dame im Stretchtop zwinkerte mir zu.

»Nö, er ist – verheiratet.«

Vielleicht hatte auch sie etwas geraucht, oder sie hatte einfach Humor. Wir konnten uns nicht einkriegen vor Lachen. Sie schlug unablässig mit der flachen Hand auf die Theke, und ich warf mich in einen gut gefederten King Chair. Kaum hatte sich eine von uns beruhigt, prustete die andere: »Verheiratet!«, und schon ging es wieder los.

Sie spendierte mir einige Bacardi-Cola und erzählte von den »erotischen Abenden«, die sie einmal im Monat mit ihrem Mann im Gasthaus veranstaltete.

»Zwanzig Jahre Ehe, da muss man sich schon was einfallen lassen«, seufzte sie dramatisch und blickte zum Jacuzzi.

Sie hieß Manuela. »Wie die Sängerin«, betonte sie, aber die sagte mir nichts. Manuela kramte in einer Schublade voller Musikkassetten, bis sie den Lieblingshit ihrer Namensvetterin fand: »Schuld war nur der Bossa nova«. Sie drehte die Anlage auf volle Lautstärke und sang begeistert mit.

Ich erwachte von heftigem Gebrüll und Geklopfe an meiner Tür. Es dauerte eine Weile, bis mir klar wurde, dass es Marianne war, die da brüllte. Ich hatte sie noch nie brüllen hören und öffnete völlig verstört die Tür.

Ein Blick auf mich und meine schmerzhaft zusammengekniffenen Augen genügte.

»Zehn Minuten und keine Sekunde länger«, sagte sie und ließ mich stehen.

Okay. Das war offensichtlich ernst gemeint. Ich putzte mir rasch die Zähne, zog die verrauchte Kleidung vom Vortag über und hastete nach unten.

Anstelle meiner Freundin Manuela stand ein untersetzter Mann mit Schnauzbart und schwarzer Lederhose am Empfang. Ich zahlte, bestellte schöne Grüße an *die Gattin* und trat vor die Tür, wo Marianne, das Kissen unter den Gurt geschnallt, am Steuer ihres praktischen Saab saß und in den fränkischen Nebel starrte.

»Ich, ähm, setz mich mal nach hinten. Ich müsste noch ein bisschen – schlafen.«

Mit Todesverachtung, so schien es mir, schaltete Marianne das Radio ein. Sie hörte immer Deutschlandfunk, weil da keine Musik lief. Die Neun-Uhr-Nachrichten begannen, als sie den Wagen startete.

Wir waren, lose, wie ich gedacht hatte, für acht Uhr verabredet gewesen. Eine Stunde später als ursprünglich geplant loszufahren fand ich im Grunde nicht der Rede wert. Marianne schon, sonst hätte sie nicht so aggressiv geschwiegen.

Es war zwar ihr gutes Recht, sauer auf mich zu sein, aber dann hätte sie seit zwanzig Jahren sauer auf mich sein müssen. Entweder war sie die gesamte Zeit zu feige gewesen, mir zu sagen, dass sie keine Lust hatte, ständig auf mich zu warten. Oder es brauchte eine Schwangerschaft und die Ehe mit einem Angeber, um ihr den Mut zu geben, mich doof zu finden.

So oder so war das nicht mein Problem, schon gar nicht in meinem Zustand.

Ich hatte es mir gerade einigermaßen bequem gemacht auf der Rückbank, als der Sprecher am Ende der Nachrichten teilnahmslos den Tod Federico Fellinis meldete und dessen wichtigste Filme und Auszeichnungen verlas, um, vollkommen ungerührt, mit einer weiteren Nachricht fortzufahren: dem Drogentod des 23jährigen River Phoenix.

Keine von uns sagte ein Wort. Ich wusste nicht, ob Marianne, zornig, die gestreckten Arme am Steuer, weinte, wie ich weinte, lautlos, haltlos. Ob sie – genauso fassungslos – an »Dog Fight« dachte, Nancy Savocas Film über junge Soldaten, die am Vorabend ihres Vietnam-Einsatzes eine Wette abschließen, wer wohl das hässlichste Mädchen aufreißen würde. Und River wählt Lili Taylor, die ihm ins Gesicht schlägt, als sie von der Wette erfährt. Da ist er ihr bereits vollkommen verfallen, der schöne, skeptische River.

Oder ob sie sich an Lex Barker als Anita Ekbergs Verlobten in »La Dolce Vita«, an überhaupt alles in »La Dolce Vita« erinnerte, den wir zweimal gemeinsam im Kino gesehen hatten, einmal in Venedig und einmal in Köln, in der Lupe 2.

Bestimmt würde sie sich an den Oscar für sein Lebenswerk erinnern, den Sophia Loren Federico vor neun Monaten überreicht hatte, als wir Janes wegen im Residenz waren. Sie musste sich daran erinnern, hatten wir uns doch in dem leeren Kinosaal zeitgleich mit der Oscar-Gemeinde in Los Angeles zur *Standing Ovation* erhoben und ihm minutenlang applaudiert.

In Köln angekommen, setzte sie mich nicht vor meiner Wohnung, sondern an der U-Bahn ab, weil sie meinetwegen keinen Umweg machen wollte. Diese Mitteilung war ihr erster Satz nach sechs Stunden Fahrt.

Ich hatte nicht geschlafen und viel geweint. »Schon gut«, murmelte ich und stieg aus. Als ich mich über den Rücksitz beugte, um meine Taschen einzusammeln, überlegte ich, ob ich ihr sagen sollte, dass ich ihre Glückseligkeit gar nicht so doof fand, wie ich tat. Sondern doof fand, dass sie mich nicht mehr brauchte und lange davor bereits aufgehört hatte, mich anzubeten.

»Danke«, sagte ich, »grüß deinen Mann«, und schlug die Wagentür zu.

TEIL ZWEI

EINS

Nach der ersten Woche klingt der Berlinale-Rummel ab. Die großen Premieren sind gelaufen, die Stars abgefeiert, und um den Potsdamer Platz wird es deutlich leerer. Einige Sitznachbarn in den zunehmend dünner besetzten Pressevorführungen beginnen streng zu riechen.

Vor allem die Neun-Uhr-Vorführungen sind vom allgemeinen Schwächeln betroffen. Dabei gewinnt in Berlin in der Regel ein Neun-Uhr-Film. Natürlich gibt es auch andere Regeln, territoriale, politische, sexuelle und sentimentale. Mit anderen Worten: Man weiß es nicht.

Der Ehrgeiz, den Gewinnerfilm gesehen zu haben, ist bei genauerem Nachdenken ziemlich wertlos. Bei wirklich genauem Nachdenken ist ohnehin so ziemlich alles wertlos, sage ich mir beim Frühstück am Rams-Tisch mit Blick auf die menschenleere Bushaltestelle.

Auch ohne das Frühstücksgeschirr abzuräumen oder gar den Tisch abzuwischen, gelingt es mir, wie jeden Morgen, etwas zu spät das Haus zu verlassen. Ohne Zeitnot zum Potsdamer Platz zu radeln wäre – Jane hin oder her – schlicht undenkbar.

Der Vorspann von Calin Peter Netzers »Mutter & Sohn« läuft noch, als ich mich kurz nach neun auf meinen Stammplatz im halbleeren Saal fallen lasse. Der Film gefällt mir sofort: Eine kettenrauchende, balkanblonde Architektin bewahrt ihren erwachsenen Sohn vor dem Gefängnis. Mit allem, was diese Endfünfzigerin an Drohungen, Bestechung und Entschiedenheit aufzubringen weiß.

Er hat einen Jugendlichen totgefahren und Fahrerflucht begangen. Sie bügelt es aus, während sie unablässig an überlangen, schmalen Zigaretten mit weißem Filter zieht. Wie die Zigaretten der Marke »Kim«, die einst mit dem Slogan warb: »Für Männerhände viel zu chic«, um endlich auch die Frauen zum Rauchen zu bewegen.

Die Winkelzüge der herben Architektin sind keine Frauensache. Sie sind das Mittel der Wahl, um sich in einem korrupten System und einer kaputten Familie durchzusetzen. Am Ende gewinnt sie den Kampf und verliert den Sohn. Und raucht weiter.

Im Gegensatz zu dem Mann mag ich Filme, die nicht gut ausgehen. Man kann sie, genau wie langweilige Filme, viel besser erinnern. Ich zumindest. Glück nervt.

Der Mann hingegen erinnert sich an alles, was ihm gefallen hat. Wahrscheinlich erinnert er sich nur daran, *dass* es ihm gefallen hat. Deswegen erträgt er es so lange mit mir – er hält sich an den guten Tagen fest.

Der Film war kurz, es bleibt noch Zeit, bis die nächste Vorstellung beginnt, und ich radle ins Einstein.

Der hintere, wochentags nicht touristische Teil des Einstein ist auf Augenhöhe quer verspiegelt. Man kann beim Aufstehen die eigene Bedeutung auskosten, im Sitzen die der anderen. Über den Spiegeln hängen Photos prominenter Gäste. Je schlechter das Photo, desto prominenter der Abgebildete. Wie die Autogrammkarten im Partykeller der Eltern stellen sie eine Nähe zum Ruhm der anderen zur Schau.

Ich habe das Tagesgericht bei Herrn Wollsteins Vertreter bestellt. Der hatte mein enttäuschtes Gesicht sofort richtig gedeutet und mir gesagt, dass Herr Wollstein noch oben im Büro sei und er ihm Bescheid geben werde, dass ich da bin.

Bei uns in Tempelhof gibt es bestimmt noch Partykeller, es gibt ja auch ironiefreie Jägerzäune und dahinter Kurzhaardackel, die in die einstige NPD-Hochburg blaffen. Natürlich alles auf dem Rückzug, ersetzt durch moderne Menschen mit modernen Ansichten im modernisierten Fliegerviertel.

Adolf Scheidt war zwar Stadtplaner, hat aber den nach ihm benannten Platz in Neu-Tempelhof gar nicht gebaut. Passend zu seinem Vornamen gibt es Bilder unseres Hauses mit Hakenkreuzbeflaggung, körnige Fotokopien von Schwarzweißfotos, die uns der nicht sehr moderne Nachbar mit der Kettensäge gezeigt hat.

Es gab auch richtige Schwarzweißfotos am Adi. Der Mann hatte sie hinter der Holzverkleidung im Arbeitszimmer des verstorbenen Pfarrers Heimersdorf gefunden, dessen gebrechliche Witwe unsere Vorbesitzerin war.

Auf diesen Bildern sind keine Hakenkreuze zu sehen, sondern je eine sehr blonde und eine sehr dunkelhaarige Dame, deren Frisur und Make-up nicht auf die vierziger, sondern eindeutig auf die sechziger Jahre verweisen. Anhand der Kleidung könnte man das nicht erkennen, denn sie trugen keine bei den kessen Aktionen, die sie miteinander auf den Softporno-Pin-ups vollführten.

Weil seine politische Korrektheit eine Verjährungsfrist kennt, fand der Mann die Bilder nicht frauenfeindlich, sondern lustig und zeigte sie mir bereitwillig. Diese Korrektheit ist im Moment das einzig Beruhigende, wenn ich an den Mann denke. Weil sie verhindert, dass meine Panikszenarien sich in die bei Strohwitwern für gewöhnlich so beliebte Welt der Puffs und Pornos verlagern – Sagt außerhalb von Tempelhof eigentlich noch irgendjemand *Strohwitwer*?

»Herr Wollstein ist gleich bei Ihnen. Lassen Sie es sich schmecken!«

Der Vertreter serviert mir den *Coq au Vin*. Das Gericht sieht aus wie etwas, das David Lynch von einem Unfallopfer zeigen würde.

»Wie geht es Ihnen? Sie sehen wundervoll aus!« Herr Wollstein stellt sich vor meinen Tisch, seine Hände umfassen die Lehne des Stuhles gegenüber.

»Super. Ich ... gehe viel ins Kino, gleich auch schon wieder.«

»Schön, dass Sie sich Zeit fürs Essen nehmen. Das braucht man auch, bei der vielen Arbeit.«

Er hat ja keine Ahnung, dass ich keinesfalls arbeite, wie er und viele andere vermuten, sondern mit dem Rad in der Gegend herumrase, wenn ich mich nicht ins Kino oder in das leere Doppelbett verkrieche.

»Lieber Herr Wollstein, ich arbeite sicher nicht halb so viel wie Sie.« Anstatt, wie gewohnt, zu protestieren, verzögert sich seine Antwort. Er wirkt ein wenig bedrückt.

»Ich – muss Ihnen etwas sagen.«

Ich schiebe meinen halbvollen Teller zurück und schaue ihn gefasst an.

»Ich werde in sechs Wochen meine Arbeit hier niederlegen. Es tut mir sehr leid. Ich werde Sie wirklich vermissen.« Er schluckt.

Ich verstehe nicht: »Wo gehen Sie denn hin, ich meine, wechseln Sie das Lokal oder – fehlt Ihnen etwas?«

Als er erklärt, dass er 67 Jahre alt sei und in den Ruhestand gehe, fällt mir auf, dass ich mir nie Gedanken über sein Alter gemacht hatte. Wie ich auch nie auf den Gedanken gekommen wäre, er könnte sich jemals von mir verabschieden.

»Ach, Herr Wollstein.«

Er nimmt meine Hände und drückt sie sehr fest und sehr lange. Wir sehen uns an und halten in einer gemeinsamen Anstrengung die Tränen zurück, als probten wir eine dramatische Großaufnahme.

Herr Wollstein geht. Er verlässt das Einstein. Anders als der Mann wird er nicht zurückkehren. Nur das Einstein wird bleiben und ohne ihn jener Ort für Angeber sein, in den auch ich nicht mehr zurückkehren werde.

Ein letztes Mal schiebe ich den schweren Vorhang an der Eingangstür zur Seite und lasse die Wärme hinter mir.

Der Max Ophüls-Film, den ich auf meinem Plan habe, läuft, wie gestern »Top of the Lake«, im Haus der Festspiele. Es geht ein starker Westwind auf der Straße des 17. Juni. Die gesamte Strecke vom Brandenburger Tor bis zum Ernst-Reuter-Platz strampele ich gegen ihn und die Leere an, die Herrn Wollsteins Nachricht in mir hinterlässt.

Herr Wollstein also geht für immer, der Mann ist für zehn Tage gegangen, die sich wie ein »für immer« anfühlen. Sieben der zehn Tage liegen hinter mir, und keinmal habe ich mich gefragt, wie es ab Sonntag mit uns weitergehen soll. Was der Mann vorhaben könnte, ob er Vorschläge machen oder hilflos vor mir stehen und auf die meinen warten wird. Ob wir uns in einer langen Umarmung aufheizen oder am weißen Kunststofftisch anschweigen werden.

Ich weiß es nicht. Woher soll ich es auch wissen. Ich weiß

ja weiterhin nicht einmal, was unser Problem ist, denke ich, während ich die Siegessäule umfahre. Die schadhafte Fassade, seine Gelassenheit, meine Verstiegenheit?

Wahrscheinlich gibt es gar kein Problem. Es gibt bloß – Abläufe. Also alles, was man so macht, wenn der Anfang ein für alle Mal vorbei ist. Wenn man angekommen ist.

Jane hatte vor langer Zeit gesagt, es gehe nicht darum, wie etwas beginnt, sondern darum, auf welche Weise man verstrickt bleibe. Und wenn es eine ungute Weise ist? Wenn man am falschen Ort angekommen ist, weil alles, jeder Ort, jeder Mann und jedes Wir, das sich hinter der Vorläufigkeit seines Für Immer verschanzt, falsch ist?

Daran, dass ich nicht weiß, wohin mit ihm, dem fleischfarbenen Haus und dem *für immer*, hat der Mann keine Schuld. Das immerhin weiß ich. Er soll auch nicht weggehen. Nur mein Unglück, das soll weggehen.

Max Ophüls' Film hilft mir auch nicht weiter. »Brief einer Unbekannten« erzählt die Geschichte der sehr unglücklichen Lisa. Jener Briefeschreiberin, die einem Pianisten namens Stefan verfällt. Die für ihn immer eine Unbekannte, eine Unsichtbare blieb, obwohl sie fünfzehnjährig seine Nachbarin und achtzehnjährig seine Geliebte und Mutter seines Sohnes wird. Lisa liebt den Bonvivant, glühend vor Duldsamkeit. Den schweren, dunklen Mantel über den schmalen Körper geworfen, huscht sie, ihm heimlich folgend, durch das nächtliche Wien, verbirgt sich, Stunde um Stunde wartend, in seinem Hauseingang.

Nie tritt sie ihm zu nahe, ein Leben lang hofft sie, einmal von ihm gesehen zu werden als diejenige, die sie ist: eine ihn liebende Frau. »Ich kenne dich doch von irgendwoher …«, mehr fällt ihm nicht ein beim Wiedersehen, Jahre später, mit der immer noch jungen Frau, die sich ihm neuerlich hingibt, während ihre schwimmenden Augen in Dankbarkeit vergehen.

Als alles zu spät ist, erreicht ihn ihr auf dem Totenbett verfasster Brief. Jetzt endlich erinnert er sich, erkennt sie und erkennt sich als den Verblendeten, der er war. *Siehst du?*

Benommen trete ich in die Abenddämmerung auf der Schaperstraße und gehe sehr langsam zu meinem Rad. Ich bin weder duldsam, noch leide ich still vor mich hin. Aber was es bedeutet, nicht gesehen zu werden, davon weiß ich eine Menge.

Am liebsten übersieht der Mann mich, wenn ich in schlechter Verfassung bin. Dabei interessiert es ihn durchaus, wie es zum Beispiel der Katze geht, obwohl ihr Zustand eindeutig desolater ist als der meine. Wahrscheinlich, weil sie ihm keinen Vorwurf macht, wie auch Lisa ihrem Stefan nie einen Vorwurf gemacht hat.

Der Mann macht mir ja auch nie Vorwürfe. Er hat mit einer Inbrunst, die der Lisas nahekommt, beständig auf eine glückliche Lösung gehofft, die dieser Inbrunst rückwirkend eine Berechtigung zuweist. Sollte es mir nicht gelungen sein, seine Zuversicht vollständig zu zerlegen, so hofft er auch jetzt noch auf eine Lösung für das Problem mit drei Buchstaben: wir.

Ich schiebe das Fahrrad die Fasanenstraße entlang. Der Film hat mich bedrückt. Weil mir nichts Besseres einfällt, studiere ich die im Schaufenster des Gucci-Shops ausgestellte Sommerkollektion. Die schmal fallenden Kleider leuchten neongelb, neongrün und neonpink gegen den überfrorenen

Schneematsch an. An den Ärmeln bauschen sich fein plissierte Wülste. Die Arme der kopflosen Schaufensterpuppen sind angehoben, als strebten sie jenem Sommer entgegen, in dem diese Kleider zum Tragen kommen.

Ich habe genug vom Winter. Und für heute habe ich auch genug vom Kino. So beschließe ich, alle weiteren Filme ausfallen zu lassen, nach Hause zu fahren, um später der Einladung des Festivaldirektors zum *Berlinale-Dining-Club* nachzukommen.

Ich steige auf mein Rad und wähle den Weg über die Klingelhöferstraße, um nicht wieder auf die teilnahmslose Polizistin zu stoßen. Ich kann mich an die taumelnden Kinder an der Kurfürstenstraße genauso wenig gewöhnen wie an die hochgewachsenen, hochmütig blickenden Osteuropäerinnen an der Oranienburger Straße. Etliche unter ihnen so schön, dass selbst ihre Freier sich fragen werden, warum sie *so was* mit Männern wie ihnen in den nahegelegenen Stundenhotels machen.

An die Manfred-von-Richthofen Straße kann ich mich auch ohne Straßenstrich nicht gewöhnen. Ihr einziges Vergehen besteht darin, direkt auf den Adi zuzulaufen. Ich kenne jedes Haus und jedes Geschäft und finde alles fürchterlich. Die Stützstrümpfe in den Auslagen von »Mieder Renate« haben den gleichen Farbton wie unsere Fassade, fällt mir im Vorbeifahren auf.

Mieder gab es sicher auch mal bei »Mieder Renate«, aber keinesfalls solche, wie sie auf der Oranienburger geschnürt werden. Dafür gibt es, wie auf der Kurfürstenstraße, einen immerwährenden Schlussverkauf mit verhandelbarem Tiefstpreis. Er dauert bereits meine gesamten zwanzig Tempelhofer Monate an. Inzwischen stehen bei »Mieder Renate« die Kleiderstangen und Strumpfkörbe, ja selbst die Ladentheke zum Verkauf, aber Renate schließt und schließt nicht, als sei auch sie nicht in der Lage, etwas Aussichtsloses zu Ende zu bringen.

Es ist wie immer schrecklich, in das verlassene Haus zu kommen. Ich muss mich jedes Mal aufs Neue daran gewöhnen, dass nur die Lichter brennen, die ich angelassen habe. Kein Mann, der mir entgegenkommt und mich freudig umfängt, mit einem Anflug von Bangen, ich könnte ihm diese Freude verderben.

Ich trete ins Wohnzimmer und schäme mich dafür, diesem Bangen immer wieder Nahrung gegeben zu haben.

Ich lege mich auf das von ihm dauerhaft ausgebeulte Sofa und streiche über die Kuhlen. Ein Leuchtglobus schimmert orangeblau gegen die Dunkelheit im Raum an. Noch aussichtsloser als die Anwesenheit des Mannes fühlt sich nur seine Abwesenheit an.

»Nicht mit dir und nicht ohne dich« war die einfache Formel, die Truffaut in »Die Frau nebenan« für ein solches Liebes-Patt verwendet hat. Fanny Ardants ins Hysterische ragende Verlorenheit scheint mir der meinen gar nicht so unähnlich. Der Mann und ich haben diesen Film gemeinsam auf dem Sofa liegend geschaut, nachdem ich eine DVD-Sammlung aller Truffaut-Filme gekauft hatte.

»Die Frau nebenan« spiegelte unsere Verzweiflung ins Französische, aber das Drama ließ den Mann kalt, und der Twist: »Nachbarn, weißt du, so wie – wir?!«, war ihm entgangen. Er lässt sich – Truffaut hin oder her – von Filmen nicht das Leben erklären.

Bei »Jules et Jim« gesellte er sich nach dreißig Minuten zu mir aufs Sofa und fragte, ob Jeanne Moreau Brigitte Bardot sei. Ich fragte mich, ob ich das doof finden dürfte. Ich wusste im Gegenzug ja nicht, wer zum Beispiel Adam Smith war, der wiederum ihn sehr beschäftigte.

Er findet keinesfalls doof, dass ich noch nie von der *Invisible Hand* gehört habe, mit der sich beide befassen, der Mann und Adam Smith. Wir kennen andere Leute.

Nee, sagte ich in neutralem Tonfall, das ist Jeanne Moreau, was auch nichts erklärte. Der Mann schlief ein und erwachte, als Oskar Werner im Krematorium zusieht, wie die Leichen seines besten Freundes und beider großer Liebe in Flammen aufgehen.

Er fragte, warum ich weine. Weil dieses Ende so traurig ist, sagte ich im selben Ton, in dem ich den Bardot-Irrtum korrigiert hatte. Er nickte erleichtert. Immerhin gab es endlich mal einen Grund für meine Tränen auf dem Mogensen-Sofa, den nicht er geliefert hatte.

Auch jetzt tropfen sie wieder auf die goldfarbenen Polster, der vielen traurigen Enden wegen, bei Ophüls, bei Truffaut, bei uns beiden, bis ich allmählich einnicke.

Auf der Einladungskarte wird um pünktliches Erscheinen um 19.00 im »Kaisersaal« gebeten, stelle ich eine Stunde später schlaftrunken fest, als ich sie aus dem Stapel mit den Berlinale-Unterlagen ziehe.

Ich haste die Treppen hoch in mein Ankleidezimmer, reiße ein paar Kleider von den Bügeln und halte sie vor dem Spiegel probeweise vor die Brust. Ich entscheide mich für ein fliederfarbenes Seidenkleid von Chloe, das jenen im Schaufenster bei Gucci ähnelt. »Lila, der letzte Versuch«, würde mein Vater kalauern, aber der ist noch weiter weg als der Mann. Es ist bereits sieben Uhr. Jacke, Tuch, Clutch – und nichts wie los.

Das Erste, was ich von der dritten Polizistin sehe, als ich von hinten auf sie zurase, sind ihre frauenuntypischen O-Beine. Müde trottet sie die Großbeerenstraße hinunter, eine Parallelstraße des Mehringdamms. Ich fahre auf dem Bürgersteig, denn der Fahrradweg ist zwar vorhanden, jedoch verbaut. Einer dieser Berliner Dauerbaustellen wegen, die niemals abgebaut werden, zumindest nicht, seit ich hier entlangfahre. Die Straße zu nutzen kommt nicht in Frage, das Kopfsteinpflaster schmerzt ihn schon auf dem scheppernden Wackelrad mit dem ungepolsterten Sattel. Und der Bürgersteig ist nun wirklich breit genug für alle.

Die Polizistin sieht das anders. Sie trägt Uniform, aber sie ist allein, also sicher außer Dienst.

Nach dem üblichen Schlagabtausch – ich schimpfe über die allgegenwärtigen Baustellen, sie über die rücksichtslosen Radfahrer – steige ich lustlos ab, was bleibt mir übrig. Schiebe weiter. Bin zu spät. Komme noch später.

Ich drehe, beide Hände an den Lenker geklammert, meinen Kopf zu der O-beinigen Polizistin. »Ich bin so spät«, sage ich leise. »Ich bin so furchtbar spät dran. Immer, immer bin ich zu spät, ich schaffe es einfach nicht, pünktlich zu sein.«

Sie schließt zu mir auf. Sie ist klein, das Haar mausbraun, das Gesicht farblos. Kein rosa Lippenstift, kein hellblauer Kajal kontrastiert hier irgendetwas. Sie ist müde und erschöpft, und sie hat mich gehört. Sie sieht mich an, und was sie sieht, macht für uns beide einen Unterschied.

»Ich kann nicht mehr«, sage ich. Es fehlt nicht viel, und

ich fange unter ihrem verständnisvollen Blick einmal mehr an zu weinen.

Sie bleibt sehen, schaut auf das Fahrrad, dann auf mich.

»Na, dann fahren Sie hier mal weiter«, sagt sie begütigend.

Ich habe sie auch gehört. Sie ist müde, sie ist der Ordnungshüterei müde, sie will nicht schimpfen.

Wir wollen beide nicht mehr schimpfen.

»Nee, ist schon gut«, sage ich mich sanfter Stimme, »Sie haben ja recht.«

Ich schiebe das Rad ein paar Schritte vor ihr auf dem Bürgersteig und spüre ihr Mitgefühl wie eine Wärmelampe in meinem Rücken.

ZWEI

Die Wohnung am Kölner Friesenplatz war wirklich grotesk groß für eine Person. Zu Hausbesetzerzeiten hieß das Wohnraumzweckentfremdung. Als Ausgleich für mein schlechtes Gewissen ließ ich jeden bei mir wohnen, der mich danach fragte. Das hatte sich rasch herumgesprochen.

So wunderte ich mich keineswegs, als eine gewisse Sarah anrief, der ein mir nicht näher bekannter Detlev gesagt habe, sie solle sich mal bei mir melden.

Sarah nahm an einem Workshop des britischen Regisseurs Mike Figgis teil, wie sie knapp erklärte.

»Oh, Mike Figgis. ›Leaving Las Vegas‹ ist einer meiner Lieblingsfilme, er hat mein Leben verändert. Total unfair, dass Nicolas Cage dafür den Oscar bekommen hat und Elisabeth Shue nicht …«

»Du«, Sarah unterbrach mich, »kann ich jetzt die fünf Tage bei dir pennen oder nicht?«

Wir verabredeten uns für 15 Uhr am folgenden Tag. Ich käme rasch aus dem Büro herüber und würde ihr alles erklären, was sie wissen müsse, sagte ich.

»Alles klar« erwiderte sie und legte grußlos auf.

Um 17 Uhr 30 klingelte es an der Wohnungstür, und ein zierliches, schwarzgekleidetes Mädchen mit dunklen Haaren und dunklen Augen stand leicht außer Atem vor mir. Ich schätzte sie auf Anfang zwanzig.

»Sorry, Akku war leer, sonst hätte ich angerufen.«

Ich bat sie herein, und sie musterte das riesige Wohnzimmer mit Fensterfront zum von wenig plausibler Straßenführung zerschnittenen Friesenplatz.

Ihr Blick verdunkelte sich, als sie die Katze sah, die hinter das ausladende, mit cremefarbenem Leinen bezogene Sofa floh.

»Uh. Ich kann nicht so mit Katzen.«

»Ich auch nicht.«

Sarah zog eine Augenbraue hoch.

»Die hat mal jemand *für ein paar Wochen* hiergelassen. Er wollte als Straßenmusiker in Südfrankreich ein bisschen Geld verdienen und kam dann nie mehr wieder ...«

»Und warum gibst du sie nicht ins Heim?«

»Na ja, sie kann ja nichts dafür. Und das bisschen Futter und Katzenklo saubermachen ist auch nicht die Welt.«

Sarah blickte gleichgültig.

»Also, dein Zimmer ist ganz hinten durch den Gang. Handtücher sind auf dem Bett, und wenn du etwas essen willst, bedien dich.« Das mit dem Bedienen hatte sie ziemlich wörtlich genommen, stellte ich fest, als ich am nächsten Morgen den Kühlschrank öffnete. Vom Aufschnitt hatte sie jeweils eine Anstandsscheibe übriggelassen, auf dem Grund der Gläser mit dem eingelegten Gemüse hingegen befand sich nur jeweils eine kleine Öllache. Die Flaschen mit allen möglichen abgestandenen Likörresten hatte sie ausgetrunken. Auch der Milchkarton war leer.

Behutsam öffnete ich die angelehnte Tür zu ihrem Zimmer. Sarah lag in Unterhose und dem schwarzen T-Shirt vom Vortag bäuchlings auf dem Bett und schnaufte ein wenig im Schlaf. Eine dunkle Haarsträhne fiel diagonal über das flächige Gesicht mit den definierten Wangenknochen und der geschwungenen Kinnlinie. Insgesamt erinnerte dieses elegante Gesicht an das der jungen Jacqueline Kennedy.

Als ich am frühen Abend mit zwei schweren Einkaufstüten nach Hause kam, saß Sarah auf dem Sofa und lackierte sich die Fingernägel mit orangerotem Nagellack – meinem.

»Sorry, ich wollte eigentlich etwas einkaufen, aber ich bin gerade ein bisschen klamm.«

»Ich auch«, sagte ich wahrheitsgemäß.

»Na ja, das hier«, sie machte eine ausholende Geste in die Weite des Wohnzimmers, »sieht jetzt nicht gerade nach *klamm* aus.«

Sie hätte auch auf mein Dries-van-Noten-Outfit zeigen können oder auf die Badezimmerablage mit den La Mer-Produkten. Oder auf mein wenige hundert Meter entferntes Büro voll schicker junger Menschen, die immer noch, mehr oder weniger aufs Geschäftliche konzentriert, an ihren iMacs G4 saßen.

»Hm. Es gibt einen Unterschied zwischen Liquidität und Vermögen« belehrte ich sie.

Sarah schwieg.

»Ich meine, auch wenn man Geld aus dem EC-Automaten kriegt, heißt das noch lange nicht, dass man keine Schulden hat.«

»Ich hatte das schon verstanden.« Ihr genervter Ton machte deutlich, dass sie es gewohnt war, unterschätzt zu werden.

»Dann ist es ja gut.«

Ich war auch genervt. Nicht von ihr, aber von dem fehlenden Geld, dem vielen fehlenden Geld, das mir sehr lange total egal gewesen war. Weil es sich sehr lange Zeit eben nicht um fehlendes Geld, sondern um einen in Anspruch genommenen Dispo gehandelt hatte.

Den ein weiteres Mal zu erhöhen hatte sich mein neuer Bankberater, der – wie sein Vorgänger – in einem schwülen Herrenduft zu baden schien, heute rundheraus geweigert. Ihm seien die Hände gebunden, hatte er abschließend hinzugefügt und, wie zum Beweis, diese Hände zu einer abwehrenden Geste in seiner winzigen, mit grauen Funktionsmöbeln ausgestatteten Beraterparzelle gehoben.

Die Geschäftskundenberater berieten ja in Wirklichkeit gar nicht. Sie sagten: »Das sieht nicht gut aus«, wenn die Zahlen schlecht waren. Und: »Das sieht ja gar nicht schlecht aus«, wenn sie besser wurden. Wurden sie aber lange schon nicht mehr, was den immer neuen Beratern zunehmend missfiel.

Die Fluktuation bei den Sparkassenmitarbeitern überstieg noch die meiner Mitarbeiter, die einfach zu selten von mir motiviert wurden.

»Schlimm?«

Sarah hob den Pinsel, an dessen Spitze ein orangeroter Lacktropfen baumelte, hoch über das weiße Sofa und sah mich zum ersten Mal an.

»Schon.«

Ich ging zum Fenster und blickte auf »Weingarten für Übergrößen«, den eine Gruppe Männer, die allesamt aussahen, als hätten sie für den Fern-schnell-gut-«Brummi« Modell gestanden, mit riesigen braunroten Papiertüten verließ. Sie schleppten ihre Einkäufe – vorbei an »Weingarten Kids« und am Weingarten-Stammhaus – zum nahegelegenen Parkhaus der Firma Weingarten in der Brabanter Straße, also auch vorbei an der Fensterfront meines riesigen Büros voll schlanker, aber patziger Mitarbeiter, die ständig wissen wollten, wie es weitergeht.

Ich wollte das auch wissen, aber wen sollte ich fragen. Entweder die Leute hatten selbst Probleme nach dem Zusammenbruch des *Neuen Marktes*, oder sie genossen es, keine zu haben. Die drohenden oder vollzogenen Konkurse der Kollegen kommentierten sie mit Begriffen wie Marktbereinigung. Oder, wenn sie besonders lustig waren, sagten sie: »*Shit happens.*«

»Das Blöde ist halt das Monatsende. In fünf Tagen sind die Gehälter fällig. Und nicht nur die.« Ich redete weniger mit Sarah als mit mir selbst.

»Bei mir ist auch Monatsende, und mir zahlt nie jemand ein Gehalt.«

Das war etwas völlig anderes, fand ich, auch wenn mir nicht genau einfallen wollte, warum. Vielleicht der deutlich mehr Nullen wegen, mit denen meine Schulden aufwarten konnten. Und der vielen Jahre wegen, die ich gebraucht hatte, um sie anzuhäufen. Ich ganz allein.

Mit Marianne wäre das nicht passiert, so viel stand fest.

Ich sagte Sarah, dass ich die Einkäufe auspacken würde, und ging in die Küche.

Sarah trug jeden Tag dasselbe: Ein schwarzes T-Shirt und eine schwarze *Skinny Jeans*, die an beiden Knien aufgerissen war. Ihr Kulturbeutel, in den ich kurz hineingespäht hatte, enthielt neben einem 8x4-Deo-Roller, losen Tampons und einer Dose Nivea einen Sprühflakon Chanel No 5 von imposanter Größe. Nicht nur sie duftete nach dem Parfum-Klassiker, auch die fensterlose Gästetoilette, in der sie ihn ausgiebig versprühte. Ein letzter Rest des säuerlichen Geruches, den sie damit zu überlagern suchte, hing dennoch in der Luft.

Ich fragte mich, ob ich sie darauf und die fortgesetzten nächtlichen Ausflüge zum Kühlschrank ansprechen sollte, aber ich wusste nicht, was das bringen könnte.

Auf dem Schulhof in Wismar war sie als Zwölfjährige von der Regisseurin einer Jugendserie entdeckt worden, die sie fragte, ob sie vorsprechen wolle. Sarah bekam die Rolle und spielte drei Jahre in dieser Serie, was ihr gut gefiel. Als das auslief, übernahm sie weitere Serienrollen oder trat in Studentenfilmen auf, aber so richtig war ihre Karriere nie in Schwung gekommen, hatte sie mir bei einer unserer kurzen Begegnungen in der Wohnung erzählt und mit den Achseln gezuckt. Ihre Agentin hatte sie, die inzwischen in Berlin lebte, auf den Workshop aufmerksam gemacht. Man wisse ja nie.

»Und, wie ist es mit Figgis?«

»Ach, ich weiß nicht, ich glaube, er steht auf mich«, blieb ihre einzige Auskunft.

Einer Laune folgend, hatte ich ihr am vierten Tag ihres Aufenthaltes Gesichtswurst gekauft.

»Nicht dein Ernst«, sagte sie böse und schob den Teller mit der lachenden Mortadella brüsk beiseite.

»Mensch Sarah, das war ein Wi-hitz.«

»Nicht. Lustig.« Sie blieb verärgert.

Ich zuckte mit den Achseln, zerkleinerte die Wurstscheiben und legte sie der Katze in den Fressnapf.

Ohnehin schien Sarah mich nicht besonders zu mögen, zumindest interessierte sie sich kein bisschen für mich oder mein Leben.

Ich bot ihr dennoch am Vorabend ihrer Abreise ein gemeinsames Essen an – »Ich koch uns gerne was« –, und sie sagte nach kurzem Zögern zu.

Huhn in Estragon war das Gericht meiner Wahl. Das schien mir über jeden Verdacht der Mütterlichkeit oder was immer es war, das sie mir mit ihrer Reaktion auf die Gesichtswurst glaubte, vorwerfen zu müssen, erhaben.

Den Rotwein leerte sie zügig, im Essen stocherte sie jedoch unentschlossen herum.

»Echt lecker.« Sie hatte meinen Blick bemerkt. »Ich bin bloß eher ein – langsamer Esser.«

»Du, das macht gar nichts.«

»Sag mal, diese Bankscheiße, irgendwas Neues?«

Ich schüttelte den Kopf. Keine gute Frage. Noch zwei Tage bis zum Ersten.

»Hast du eigentlich einen – Freund?«, wechselte ich das Thema.

»Nee«, sagte sie gleichmütig, »ich hatte. Echt lang sogar. Von dreizehn bis achtzehn.«

Er hieß Volker, erfuhr ich und lebte immer noch in Wismar.

»Jetzt gucke ich eher so rum, aber irgendwie nerven mich die ganzen Typen auch.« Sie starrte auf die orangerot lackierten Fingernägel. »Du?«

Obwohl sie sicher auch das blöd finden würde, erzählte ich ihr ausführlich von beiden Männern. Von dem fürsorglichen Hanns, der lange Jahre nie mehr als ein guter Freund gewesen war. Der geduldig zugesehen hatte, wie die anderen Männer kamen und gingen, bis er allen Mut zusammennahm und meine Erschöpfung zu seinen Gunsten wendete.

Und der deutlich jüngere Max, sehr reich, sehr verheiratet und für einen Porschefahrer erstaunlich belesen.

»Es ist nicht so, dass ich mich nicht entscheiden könnte«, schloss ich. »Sie wären bloß, einzeln genommen, zu wenig. Eigentlich finde ich so eine Konstruktion scheiße aber – ach, ich weiß auch nicht.«

Sarah gähnte.

»Du, ist das okay, wenn ich pennen gehe?«

Sie unternahm einen halbherzigen Versuch, den Tisch abzuräumen, den sie erleichtert abbrach, als ich sagte, ich machte das schon, und verzog sich ins Bad.

Die Katze, die zu spüren schien, dass Sarah sie nicht mochte, kam aus ihrem Versteck und strich mir um die Beine. Ich schob sie fort, stellte mich ans Fenster und blickte auf die Geschäfte des Weingarten-Imperiums.

Sarah hatte ja Recht. Es war alles ziemlich langweilig: Der hässliche Friesenplatz, die trudelnde Firma, die halbgare Männersache. Es musste etwas passieren.

Bloß was.

Am nächsten Morgen fing Sarah mich an der Wohnungstür ab, als ich ins Büro aufbrechen wollte. Sie war gerade aufgestanden und stand frierend in T-Shirt und Slip vor mir.

»Du, sag mal«, sie verschränkte ihre Arme vor der Brust und rieb sich mit den Händen die Schultern warm, »ich hau dann ja heute ab.«

Ich nickte.

»Und, ähm, ich wollte sagen, das ist schon cool, dass ich hier wohnen durfte.«

»Keine Sache, ich habe ja Platz genug.« Ich lachte gezwungen und schickte mich an, sie mit routinierter Herzlichkeit zum Abschied zu umarmen. Sarah behielt jedoch die Arme vor der Brust.

»Es geht mich ja nichts an, aber wenn dieser Internet-Millionär, also der mit dem Porsche, wirklich so entspannt ist, dann frag ihn doch nach der Kohle, ich meine, bevor dich das total runterzieht.«

»Danke. Ja. Also nein. Logisch, ich habe da auch schon dran gedacht, und ich habe da jetzt auch kein moralisches Problem oder so. Aber es wäre mir einfach zu *offensichtlich*.«

Sarah zuckte die Achseln.

»Alles klar.«

Sie wandte sich ab und ging Richtung Badezimmer. Ohne sich noch einmal umzudrehen, empfahl sie, ich solle vielleicht mal wieder ins Kino gehen. Von wegen Ablenkung.

Als ich am Ende eines weiteren freudlosen Bürotages in die leere Wohnung zurückkehrte, rief ich Hanns an und sagte unser seit Tagen verschobenes Treffen ein weiteres Mal ab.

Er wusste nur vage über meine Schwierigkeiten Bescheid, die, so befand ich, eine Null zu groß für ihn waren. Er würde tun, was er immer tat, um mich zu trösten: mich in den Arm nehmen und hin und her wiegen, wie ein kleines Kind, das nicht einschlafen kann.

Max gegenüber, den ich deutlich seltener sah – er konnte sich nicht so oft von seiner Familie in Düsseldorf loseisen –, hatte ich die finanziellen Nöte erst gar nicht erwähnt. Er würde sie, ohne ein oder besser zwei weitere Nullen mehr auf der Schuldenuhr, ohnehin für *Peanuts* halten.

Ich hatte Sarah gar nicht erzählt, dass mir das Kino abhandengekommen war. Zu erschöpft, keine gescheiten Filme im Programm der schlecht sortierten Kölner Kinos – was man sich so zurechtlegt, wenn man eine Selbstbestrafung nicht als solche erkennt.

Schon gar nicht hatte ich ihr gegenüber erwähnt, wie sehr es mir fehlte. Das fiel mir ja gerade erst selber auf.

Ich griff nach der »Kölner Illustrierten«, die mir die Redaktion nach all den Jahren weiterhin unaufgefordert zuschickte, und blätterte durchs Programm.

Zum Glück war ich nicht abergläubisch, sonst hätte es mich deutlich mehr beeindruckt, dass am heutigen Freitag im Metropolis ausgerechnet Jane Campions »In the Cut« in einer Sondervorstellung lief.

Es war ein warmer Spätsommerabend, und ich lief die Strecke bis zum Ebertplatz zu Fuß, vorbei am ehemaligen Capitol-Kino, das zu einem TV-Studio umfunktioniert worden war, und dem seit Jahren wegen *Umbaus* geschlossenen Residenz.

Vor dem Metropolis stand eine Gruppe Britney-Mädchen auf dem Bürgersteig an der vielbefahrenen Straße, die den Ebertplatz – eine abgesenkte Betonkuhle mit Baumbeilage – umrundete.

Die sehr jungen Mädchen trugen rosa Häkeltops und abgeschnittene Jeans, unter deren ausgefranster Schnittfläche das nicht abgeschnittene Futteral der Vordertasche herunterlappte.

Irgendwohin mussten sie ja die mit Strasssteinen verzierten Handys stecken, die sie einander gerade sehr laut lachend entgegenhielten, weil irgendwelche Jungs ihnen irgendwelche SMS geschickt hatten und man sich über so etwas wie über die ganzen Jungs eben lustig machen musste, solange man es sich erlauben konnte.

Ich wusste nicht, ob sie im Kino gewesen waren oder was

sie genau über die Jungs sagten, weil sie im Grunde die ganze Zeit »Keine Ahnung« sagten, bis zu fünfmal pro Satz, der auch kein Satz mehr war, sondern das Band, an dem sich die fehlende Ahnung auffädelte.

Ich versuchte mir Sarah in einem dieser rosa Häkeltops vorzustellen. Schade, dachte ich, als ich das Metropolis betrat, dem ein Umbau oder zumindest eine Renovierung auch ganz guttun würde, dass sie jetzt nicht bei mir war.

Der schmierige Teppichboden, das gesplitterte Holz der Klappsitze und das gelegentliche Knistern der Tonspur passten gut zu dem Bild der Verwahrlosung, das Jane in »In the Cut« von Manhattan entwarf.

Inmitten dieser Verwahrlosung Meg Ryan, das Haar in ungewohnt dunklem Blond, die Brüste entblößt. Sie wird – ihres Markenzeichens, der unerschütterlichen Niedlichkeit weitgehend beraubt –, von der Voyeurin zur Akteurin; von der keuschen Literaturwissenschaftlerin mit Faible für schmutzige Worte zu einer Frau, die bereit ist, sich hinzugeben, nein, wegzuwerfen.

Jane hat das 42-jährige Mädchen Meg einem Begehren ausgeliefert, das sie überfordern musste, das sie überfordern sollte. Nicht der Figur oder gar Meg Ryan zuliebe, sondern des Begehrens wegen, dem Jane die eigentliche Hauptrolle zugewiesen hatte.

Im Gewand des erotischen Thrillers hat sie vom Preis des Begehrens erzählt. Davon, wie es ist, sich in Lust aufzulösen, wie sich Lust und Moral, Lust und Angst und Lust und Meg-Ryan-Sein nicht vertragen. Sie hat von der Absolutheit der Lust erzählt, von dem Scheiß, zu dem der Rest wird, auch wenn dieser Rest das eigene Leben sein könnte.

Beglückt trat ich aus dem Kino.

»In the Cut« war total verkorkst, das wusste ich wohl, er hatte seine Bestsellervorlage weder bedient noch unterlaufen, sondern schlicht ruiniert, wie er Meg Ryans Karriere ruiniert hatte.

Aber Jane hatte einmal mehr den Aufbruch ins Ungewisse, also das Abenteuer, gefeiert. Und das Scheitern dieses Abenteuers, das ihrer Figuren wie das ihres Films, hatte sie gleich mitgefeiert. Weil sie wusste, dass jedes Experiment auch schiefgehen darf. Sonst wäre es ja keins.

Erleichtert lief ich über den Hansaring nach Hause. Ich wusste, was ich zu tun hatte.

Kurz vor dem Friesenplatz stieß ich auf eine weitere Ansammlung von Frauen. Wie die Britney-Mädchen amüsierte sich auch diese deutlich ältere Runde gellend. Vor der Kneipe »Um-lei-tung« an der Venloer Straße konnten sie sich nicht mehr einkriegen vor Belustigung über eine Hitze, die sie fliehend oder fliegend, am ehesten wohl auf gut Kölsch »fliejend« nannten. Auch die Gläser, die sie umklammert hielten und sich wie zum Schwur auf Herzhöhe an die Brust stemmten, waren mit Kölsch gefüllt.

In einer Dokumentation über die Velvet-Underground-Nico, eine Kölnerin auch sie – Nico Päffgen, wie das gleichnamige Kölsch, das ihre Familie gebraut hatte –, sagte ein Weggefährte über das einstige Model, sie habe »ihre Schönheit zurückgegeben«. Das hatte mir imponiert. Sein Kapital oder das, was die Welt dafür halten mochte, zurückzugeben. Bloß an wen, an die Mädchen mit den Strass-Handys?

Die Frauen vor der »Um-lei-tung« schienen mir nicht viel zu haben, was sie hätten zurückgeben können. Und es schien ihnen egal zu sein, so fröhlich zwickten sie einander in den Speck der mittleren Jahre und ignorierten die rauchenden, sie ihrerseits vollkommen ignorierenden Männer. Ob ihnen das fehlende Begehren wirklich nicht fehlte – keine Ahnung.

Ich schloss die Wohnungstür auf und setzte mich aufs Sofa, wo mir mit einem Mal ein ungewohnt platziertes Kissen auffiel. Als ich es zur Seite schob, kam ein orangeroter Klecks Nagellack zum Vorschein, der, so fand ich, sich hervorragend auf dem cremefarbenen Stoff machte.

DREI

Eigentlich gehe ich zum *Berlinale-Dining-Club*, um mich zu betrinken. Das habe ich die ganze bisherige Berlinale nicht getan, weil ich weiß, es macht nichts besser, und ich könnte mich zu komischen Sachen hinreißen lassen. Nachrichten auf der Mailbox des Mannes hinterlassen, ausufernde Mails schreiben oder, schlimmstenfalls, im Wedding aufschlagen und eine Szene machen, wie der Mann es nennt.

Ich bevorzuge den Ausdruck »Gefühle zeigen« für mein Ausflippen.

Ich weiß ja, dass er recht hat, wenn er unter meinen Ausbrüchen leidet. Wer leidet, hat immer recht. Aber weil ich nicht aushalte, dass er leidet, muss ich so tun, als leide er nicht. Das hat er selbst genauso gemacht, so getan, als leide er nicht. Als sei ihm das alles egal, als glitten sie an ihm ab, die Vorwürfe, das Geschrei und alles, was mir sonst noch eingefallen war, um ihn für dieses Haus zu bestrafen, das ja in Wirklichkeit auf meinem Mist gewachsen war.

Im toten Winkel der grellbunten Systemgastronomie des »Sony Center« gelegen, lässt sich der Kaisersaal, eine bescheiden dimensionierte Glasparzelle, leicht übersehen. Ein halbes Dutzend junger Damen im kleinen Schwarzen steht bibbernd vor der Tür und empfängt die Gäste. Die ersten beiden kümmern sich um meine leichte Jacke und das Überreichen der Garderobenmarke, zwei weitere suchen mit abwärts mäandernden Zeigefingern meinen Namen auf der handverlesenen

Gästeliste, und die letzten beiden weisen mir mit choreographierter Handbewegung den wohlbekannten Weg ins Untergeschoss.

Ich nehme ein Glas Champagner vom Tablett des zuvorkommenden Kellners und stelle mich an den erstbesten in weiße Stoffbahnen verpackten Stehtisch.

Ich versuche mir einen Überblick über die Menschen an den anderen Tischen zu verschaffen, als hinter mir eine vertraute Stimme ertönt: »Ach nee, was machst du denn hier?«

Marianne scheint sich zu freuen, mich zu sehen. Sie trägt eine leuchtend blaue Bluse aus der aktuellen Jil-Sander-Kollektion und ungewohnt hohe Schuhe.

»Na, mich betrinken, was denn sonst.« Ich proste ihr zu und gebe ihr einen Kuss auf die Wange.

»Und, schon etwas Spannendes gesehen?«

Um nicht mit südosteuropäischen Low-Budget-Filmen oder Ophüls-Klassikern zu langweilen, frage ich sie nach den beiden Söhnen, denen es, so versichert sie mir, großartig gehe.

Marianne und ich sehen uns inzwischen nur bei offiziellen Anlässen, dennoch weiß ich von dem Scheitern ihrer Ehe. Seither hat es keinen Mann in ihrem Leben gegeben, wie sie allzeit freimütig gesteht – zu viel Arbeit, zu wenig Gelegenheit und dann noch die beiden halbwüchsigen Söhne …

»Euch beiden geht es bestimmt auch gut, draußen in – war das Alt-Tegel?«

Marianne mag den Mann, und er mag sie. Sie waren sich ein paarmal begegnet und hatten rasch ein gemeinsames Thema gefunden: die Berge und alles, was man auf ihnen veranstalten kann: wandern, Abfahrten hinunterrasen und irgendwelche Naturwunder bestaunen.

»Neu-Tempelhof. Ja. Unbedingt. Komm uns mal besuchen.«

Wir werden von einer versierten Dame im Protokoll unterbrochen. Ihre Aufgabe ist es, die Gäste miteinander ins Gespräch zu bringen. Artig bedanke ich mich für die Einladung, zwinkere Marianne zu und lasse mich zu zwei resolut blickenden Frauen führen, die außer einander niemanden zu kennen scheinen.

»Ja, dann Prost«, ich lächele die beiden freundlich an.

Sie leiten Ministerbüros – SPD die eine, CDU die andere –, erzählen sie und reichen mir ihre Visitenkarten. Wahrscheinlich, damit ich auch meine zücke und sie in kein Fettnäpfchen treten, weil sie mich nicht zuordnen können.

»Oh, vielen Dank. Ich habe leider gar keine Visitenkarte.«

»Ah, dann sind sie … Schauspielerin?«

»Nein, ich, also …« Vom Eingang dringt ein lautes Stimmengewirr herein. Ich wende den Kopf.

»Oh! Mein! Gott!«

Er ist es wirklich. Lächelnd steigt er im Kreis seiner Jury-Kollegen die Treppe herunter und bückt sich ein wenig, um am Eingang nicht an den Türrahmen zu stoßen.

»Ich lie-be Tim Robbins!« Die Frauen gucken mich ausdruckslos an.

Das war amerikanisch gemeint, also übertrieben. Er gefällt mir, weil er es versteht, in diesem Geschäft so lange mitzuspielen, bis er es für sinnvoll erachtet, mal wieder aus der Rolle zu fallen. Ich mag, wie er versucht, seine Größe herunterzuspielen, damit sich niemand klein fühlen muss neben ihm. So, wie es wirklich gebildeten Menschen stets unangenehm ist, ihr Wissen zur Schau zu stellen. Und: Er gefällt mir, weil er mir gefällt.

Ich erzähle den beiden Frauen von Tims Größe, die besonders augenfällig wird, wenn er zarte Frauen beschützt: Jody Foster in »Five Corners«, Samantha Morton in »Code 46« oder Sarah Polley in »Das geheime Leben der Worte«.

Ich denke nicht, dass meine Worte irgendeinen Sinn für die Büroleiterinnen ergeben, aber spätestens seit acht Tagen ist mir ohnehin egal, ob mich irgendjemand versteht.

Ich sehe zu Tim hinüber, der zwei Stehtische weiter mit mir flüchtig bekannten Anwälten plaudert. Er lächelt, als gäbe es nichts Entzückenderes als deren Gegenwart, und ich schwafele weiter.

»Lässt sich Liebe anders als anhand ihres Beginns oder ihrer Unmöglichkeit erzählen?«

Ausgerechnet diesen schräg gespielten Ball nehmen die Frauen auf. Während wir gemeinsam mit den inzwischen vollzählig versammelten Gästen in den Kaisersaal hinuntergeleitet werden, erfahre ich, dass beide *single* sind, weil nicht nur das Kino, sondern auch die Männer der knappen Freizeit zum Opfer fallen.

Eine gutriechende Dame unterbricht uns bedauernd und geleitet mich zu meinem Platz mit der handgeschriebenen Tischkarte, die ein kleiner, roter Berlinale-Bär ziert. Um mich herum nichts als Anwälte. Einer nach dem anderen steht auf und stellt sich vor.

Ich wechsele zu Rotwein. Mein Tischherr zur Linken erklärt mir, wie es der Mann sicher auch getan hätte, dass man diesen Saal vor Jahren um siebzig Meter verschoben habe, der verbreiterten Potsdamer Straße wegen.

»Wow, echt?« Ich stelle artige Anschlussfragen zu Statik und Verkehrsführung.

Marianne hat es deutlich besser getroffen. Sie sitzt mit der großen, lustigen Greta Gerwig am Tisch.

Die Dame vom Protokoll klatscht in die Hände, die Saaltür öffnet sich. In Reih und Glied angeordnete Kellner, eine adrett gefaltete Serviette über dem linken Arm, marschieren ein. Sie tragen Teller mit matt silbernen Hauben durch den Raum, als wollten sie eine festliche Variante Topfschlagen spielen.

Wie jeden Abend schaut der vielbeschäftigte Festivaldirektor im Kaisersaal auf einen Drink mit seinen Partnern und Gästen vorbei. In seiner launigen, in brüchigem Englisch vorgetragenen Rede erwähnt auch er, wie jeden Abend, die Verschiebung des Kaisersaales um siebzig Meter.

Von Tisch zu Tisch eilend, präsentiert er anschließend die offiziellen Festivalgäste der übrigen Dinner-Gesellschaft. Er herzt Wong-Kar Wai: »*My friend!*«, und stellt ihn und weitere Jurymitglieder namentlich vor, bis die Reihe an Tim ist. Dessen Name will und will ihm nicht einfallen.

»Tim! Robbins!«, versuche ich dem Direktor ins Hirn zu beamen, der sich nach leisem Kopfschütteln in die Begrüßung des deutschen Jurors flüchtet: »Andreas, mein Freund!«

Mir ist das sehr unangenehm, nicht allein Tims wegen. Der Mann würde das sofort verstehen, allerdings auf seine Weise. Ihn würde stören, dass der Festivaldirektor seinen Job nicht richtig macht. Der Mann findet, man muss jeden Job ordentlich erledigen. Deswegen sind seine Mails fehlerfrei und unsere Wände glatt, denke ich, während ein Kellner ungefragt Rotwein nachschenkt. Mir geht es eher um Respekt. Aber vielleicht liegen wir hier am Ende gar nicht so weit auseinander.

Ich glaube, Tim ist cool mit dem vergessenen Namen. Wie

der Gelegenheitsmusiker sicher auch cool damit war, vor Jahren als Oscar-Preisträger vor mickrigen dreißig Leuten im Kölner »Luxor« zu spielen. Da ist er wie Jane, sie haben einfach eine ganze Reihe Probleme nicht. Vielleicht ist das so ein spätes Hippieding, ein entspanntes Verweilen im Hier und Jetzt. Vielleicht – und das halte ich für wahrscheinlicher – fehlt ihnen einfach jener von Eitelkeit durchsetzte Ehrgeiz, der Menschen Erfolg so ernst nehmen lässt.

»Toller Typ«, murmelt mein Sitznachbar beeindruckt. Das bezieht sich auf den Festivaldirektor, obwohl er dasselbe wohl auch von sich denkt.

Er ist Partner in einer international aufgestellten Kanzlei, wie er es nennt. Deren Büroräume erstrecken sich über drei Etagen im »Kollhoff Tower«. Mit einem Mal weiß ich, was ich die ganze Zeit gerochen habe. Er benutzt denselben schwülen Duft wie seinerzeit meine Kölner Bankberater: Antaeus von Chanel.

Ich blicke fragend in sein mit feinem Cremeglanz überzogenes Gesicht: »Immerhin hat er die Zuschauerzahlen während seiner Amtszeit glatt verdoppelt, die Stars fressen ihm aus der Hand, und die ganze Welt blickt zur Berlinale auf den Potsdamer Platz.«

Der Festivaldirektor wechselt an Gretas Tisch. Auch ihre Vorstellung scheitert schmerzlich, er verwechselt sie mit Patricia Arquette, was er ebenso wenig bemerkt wie die Tatsache, dass Greta ganz und gar nicht cool damit ist. Eine der duftenden Damen gleitet zu ihm und raunt ihm etwas ins Ohr. Er geht zurück an den Tisch und entschuldigt sich lautstark bei der *»lovely Lady«* aus dem »großartigen Film »Frances Ha«, deren Namen er dann leider immer noch nicht parat hat.

Marianne blickt unbeteiligt geradeaus. Greta starrt ihn wütend an. Sie steht auf, ignoriert die Serviette, die von ihren Knien auf den Boden rutscht und verlässt, sehr aufrecht, den Saal. Sie hat nicht mitgespielt. Sie ist ihrem Impuls gefolgt und, was noch wichtiger ist: Sie hatte diesen Impuls.

Der Anwalt zu meiner Rechten findet den Abgang zickig und bemerkt, dass »so etwas« mal vorkommen könne bei den vielen Namen, die sich ein Festivaldirektor merken müsse.

Bevor ich mich wundern kann, warum der ungerührte Festivaldirektor nicht wie sonst nach der immer gleichen Begrüßung davonrauscht, sondern am Jurytisch den Hauptgang abwartet, öffnet sich die Tür und Claude Lanzmann erscheint. Sein Gesicht ist gerötet, der Kopf mündet halslos in den äußerst kompakten Körper, der in einem eleganten Anzug aus dunkelblauem Tuch steckt. Seine umfangreiche Entourage hält respektvoll Abstand.

»*My friend!*« Der Direktor eilt seinem Ehrenpreisträger entgegen, beide Arme wie erigiert nach vorn gestreckt, die Jury erhebt sich und beginnt zu applaudieren, die Gäste an den anderen Tische ziehen nach. Lanzmann hebt den rechten Arm zu einer Geste von huldvoller Steife, als trage er eine Armprothese.

Mein Nachbar zur Rechten hat sich als einer der Ersten wieder hingesetzt und tunkt ein Stück Wildschweinfilet in die sämige, dunkelbraune Soße.

»Na ja«, sagt er, der Mund noch nicht ganz leer, »er hat sicher seine Verdienste, aber ich hab gehört, der Kerl soll ein ziemlich eitler Fatzke sein.«

Ich sehe den leeren Stuhl, den Greta hinterlassen hat, und ich sehe Tim: Beide Hände flach auf den imposanten Oberschenkeln platziert, beugt er sich mit durchgedrücktem Rücken vor in den Raum, als passiere gleich etwas, das seine ganze Aufmerksamkeit verlangen wird.

»Ja«, sage ich zu meinem Nachbarn, stehe auf und lasse meine Serviette fallen wie Greta die ihre. »Siebzig Meter, na und? Damit man uns das hier jeden Abend erzählen kann?«

Er versteht kein Wort und bückt sich nach meiner Serviette.

»Sie finden, Greta hat zickig reagiert, ja? Finde ich nicht. Wenn Sie vor Gericht Ihre Gesetze und Paragraphen vergessen, ist das auch cool? Sagen Ihre Mandanten, an deren Namen Sie sich auch nicht erinnern, dann genauso: Kann halt mal vorkommen?«

Dem Mann wäre ich jetzt ziemlich peinlich. Selbst wenn er mir insgeheim recht gäbe, so hält er es doch für sinnvoll, die Contenance zu wahren und genau so würde er das auch nennen: Contenance.

Bevor der Anwalt etwas sagen kann, verlasse ich meinen Platz und steuere den Jurytisch an. Ich hocke mich zwischen Tim und Andreas: »Hallo! Stör ich?« Andreas ist Ossi, also freundlich, aber kein Gentleman.

»Nee, gar nich, hallo ...«, sagt er. Tim dagegen steht auf und besorgt einen weiteren Stuhl.

»Hi, I'm Tim Robbins«, sagt er.

»Ich weiß«, sage ich und erkläre ihm, wie genau ich das weiß: Ich erzähle ihm von dem riesigen *Bob-Roberts*-Poster in dem winzigen Zimmer des ersten Büros, das ich mit Marianne und all den anderen, die mich damals noch nicht verlassen hatten, teilte. Wie sehr ich diesen Film, sein Regiedebut mit ihm selbst in der Titelrolle, gemocht hatte.

Ich erzähle von dem Direktor, der uns, damals in ganz anderer Funktion und Position, in diesem Büro besuchen kam, von dem Photo, das ich immer noch habe: der geschrumpft wirkende Direktor unter dem riesigen *Bob-Roberts*-Poster sitzend. Ein Bild, an das er sich doch hätte erinnern können, ja, erinnern müssen – wir hatten ihm einen Abzug geschickt –, wie an Tims und Gretas Namen gerade eben, sage ich und schaue auf Tims Brust, nicht sein Gesicht.

Ich rede drauflos, um der Anziehung zu entgehen, die von seiner breiten, leinwandfüllenden Brust ausgeht, von der ich weiß, was für einen beruhigenden, aber gleichzeitig völlig falschen Fluchtpunkt sie böte.

»Es tut mir leid«, schließe ich, »dass ich so viel rede. Das ist bloß wegen der Anwälte, wegen Jane Campion und wegen deiner Brust, an die ich mich nicht werfen will.«

Er horcht auf: »Was ist mit Jane?«

Bei aller Liebe kann ich ihm unmöglich die ganze Geschichte erzählen. So sage ich nur, dass ich sie morgen Nachmittag treffen werde und sehr aufgeregt bin.

»*She's great*«, sagt er. Der Satz klingt amerikanischer, als er ihn meint, da bin ich mir sicher und antworte nicht. Er sieht mich an.

Schweigen ist jetzt nicht gut. Ich habe ihm ja bereits gesagt, wie sehr ich mich ihm an den Hals, genauer an die Brust, zu werfen bereit bin, also sage ich ihm auch noch, dass ich jeden Morgen um kurz vor neun sein Foto im Berlinale-Palast küsse.

Ich gehe in die Pressevorführungen des Wettbewerbs, das interessiert ihn. Wie ich »Mutter & Sohn« finde, will er wissen, den er, wie ich, am Morgen gesehen hatte. Wir beginnen, über diesen und andere Filme im Wettbewerb zu sprechen. Er will alles wissen, ich sage ihm, was mir einfällt. Er ignoriert seine Schweigepflicht und erzählt seinerseits von den Filmen, vor allem von seinem Favoriten: Danis Tanovics »Aus dem Leben eines Schrottsammlers«, noch so ein Neun-Uhr-Film. Nur fünfundsiebzig Minuten lang und mit einem Budget von dreizehntausend Euro gedreht.

»Und das, nachdem er bereits einen Oscar bekommen hat«, sage ich. Weil alle Regisseure durchdrehen, nachdem sie einen Oscar bekommen haben, und sich den großen Budgets und schlagartig interessierten Stars zuwenden, wie es auch Jane unterlaufen ist. Tanovic jedoch offensichtlich nicht.

Tim wiederholt meinen Satz, dann erzählt er mir von dem kurzen bosnischen Film, der ihn so beeindruckt hat. Weil dessen Laiendarsteller ihre eigene Geschichte nicht spielen, sondern verkörpern. Weil es diesen Roma in dem weiterhin kriegsversehrten Land, von dem er einiges zu wissen scheint, noch beschissener gehe als den Vertretern der anderen Bevölkerungsgruppen.

Die Geschichte dieses Films passt nicht zu den Wildschweinfilets und den edlen Jahrgangsweinen. Sie passt auch nicht zu der schlussendlichen Banalität meines Adi-Blues. So ist das. Dinge passen nicht zueinander, wie Menschen ja auch nicht, trotzdem sind sie verbunden, geschnürt in Zusammenhänge, die wir uns weder ausgedacht noch ausgesucht haben. Tim hat Grübchen, wenn er lacht, und zwei nicht sehr tiefe Stirnfalten, die sich ausbilden, wenn er ernst wird. Er wendet seinen Blick nicht von mir, die ich mich ihm weiter und weiter entgegenbeuge.

Ob ich wirklich sein Photo küsse, will er mit einem Mal wissen. Ja, sage ich, aber das hätte ich im Jahr zuvor auch mit

Dennis Quaids Foto gemacht. Meine Ehrlichkeit zerstört die Anziehung zwischen uns keinesfalls, sie macht sie eindeutig.

Ich muss gehen. Weil alles so leicht ist. Und so schön. Und ich den Mann vermisse.

»Kann ich dich küssen?« Ich schlinge meine Arme um ihn, bevor er antworten kann, und küsse ihn zunächst auf die hohe Stirn und dann auf die leicht geöffneten Lippen.

Er zieht einen Füller aus der Innentasche seines Jacketts und schreibt etwas auf die Innenseite seiner Tischkarte.

»Für alle Fälle«, sagt er und umschließt mit beiden Händen die Karte und meinen Handteller, als wolle er Blumen in ein Poesiealbum pressen. Ich versiegele dieses Arrangement mit der anderen Hand, bevor ich mich, ohne Marianne, die Anwälte oder die Büroleiterinnen noch einmal anzusehen, auf den Weg zur Garderobe mache, wo mir die jungen Damen in den schwarzen Cocktailkleidern zwei Tüten mit Geschenken der Sponsoren, nein, der Partner, reichen.

Weil mir nicht kalt ist, halte ich kein Taxi auf der Potsdamer Straße an, und weil ich mich heute auch ganz sicher nicht umbringen will, schließe ich mein Fahrrad auf, schiebe es bis zur U-Bahn »Stadtmitte« und warte dort auf die U6.

Die schwarzen Lacktüten presse ich an mich, als wären es Tims große Hände.

Nachdem die U-Bahn eingefahren ist, befestige ich das Fahrrad notdürftig an einer der gelben Haltestangen im Innern und setze mich auf einen Klappsitz.

Gegenüber sitzt ein müdes junges Mädchen mit kurzem, weißblondem Haar und Clara-Bow-Augen. Die sehr langen Beine stecken in einer wollweißen Strumpfhose, die wenig winterlichen Hotpants sind sehr kurz. Nur die äußerst robusten Herrenschuhe beugen sich der Minustemperatur. Beide schauen wir nicht auf die an der Decke installierten Monitore mit dem U-Bahn-Fernsehen. Hin und wieder lächeln wir uns an, als teilten wir ein Geheimnis.

Als der Zug die Haltestelle Paradestraße erreichte, reiche ich ihr die Lacktüten: »Bitte nehmen Sie die. Ich habe genug davon.«

Wir lächeln ein letztes Mal, und ich halte dieses Lächeln den ganzen Weg die Paradestraße hinunter, vorbei an dem längst abgeschalteten Brünnlein und der beleuchteten Bushaltestelle bis zur Biotonne, an der ich das Rad ungewohnt behutsam abstelle.

Ich setze mich, ohne die Jacke auszuziehen, an den Rams-Tisch, lege Tims Tischkarte neben meinen Rechner, den ich in dem sicheren Gefühl aufklappe, er halte eine besondere Nachricht für mich bereit. Es sind im Laufe des Tages viele Mails aufgelaufen, deren Absender ich überfliege, bis ich auf die eine stoße. Ihr Betreff lautet: Neustart.

VIER

Der Vorwand, unter dem er in meinem Büro anrief, war durchsichtig. Aus geschäftlichen Gründen wolle er einen alten Bekannten von mir anrufen, dessen Nummer er verlegt habe. Eine Nummer, die ihm die Auskunft jederzeit *kostenfrei per SMS* aufs Handy geschickt hätte. Er habe gehört, sagte der Mann, als ich mich auf seine Rückrufbitte hin meldete, ich wohne neuerdings auch am Brüsseler Platz. Anstatt ihn zu fragen, wo genau er das gehört habe, sagte ich, er könne *die Tage* ja mal vorbeikommen.

Drei Tage später meldete er sich und schlug einen Besuch für den Abend vor. Er wollte gleich wieder auflegen, aber ich plauderte drauflos, um der Verabredung jedes Pathos auszutreiben. Ich erzählte von meinen bevorzugten Geschäften im Viertel, dem schlechten Essen in den Cafés am Platz und den fünf Paketen mit Blumenerde unten im Hausflur, die in den fünften Stock zu wuchten mir zu mühsam gewesen sei.

Pünktlich um 20 Uhr klingelte es an meiner Tür. Ich hatte, wie so oft, eine Wette mit mir selbst abgeschlossen. Rein spaßeshalber. Wenn er einen Teil der Blumenerde nach oben trüge, dann ... – würde etwas zwischen uns passieren.

Ich öffnete die Wohnungstür, setzte mich an den Küchentisch und wartete. Mit leichtem Keuchen trat er vom Hausflur in die Küche und stand nach sieben Jahren, mit einem »Was kostet die Welt« – Grinsen im Gesicht und 200 l »Gardoflor« Blumenerde auf die breiten Schultern gepackt, vor mir.

»Hallo, äh, magst du das auf die Dachterrasse bringen?« Ich ging voraus und öffnete die Tür. Er ließ die Pakete auf die Holzbohlen gleiten, stellte sich mir gegenüber und zögerte einen Moment. Dann umarmte er mich mit der Herzlichkeit eines alten Freundes. Sein Körper unter der geöffneten Jacke war warm und dampfte von der Anstrengung.

Wir gingen zurück in die Küche und brachten einander auf den neuesten Stand. Meine Firma, seine Firma. Die Katze, die Familie, der Friesenplatz, die Zweitwohnung in Berlin und überhaupt.

»Und«, fragte er unvermittelt, »bist du mit jemandem – zusammen?«

»Nö«, sagte ich »mit der bescheuerten Wohnung am Friesenplatz habe ich mich von – also eigentlich von zwei Männern verabschiedet.«

Er nickte gleichmütig.

»Und ich lasse das jetzt alles mal ein bisschen ruhiger angehen, weil, also, ich musste erst mal den Laden in Ordnung bringen. Wie gesagt.«

Ich hatte das gar nicht gesagt, bloß erwähnt, dass es *Liquiditätsprobleme* gegeben habe.

»Also, mich hat auch meine Frau vor sechs Wochen verlassen.«

Ich wies ihn nicht darauf hin, dass mich niemand verlassen hatte, und tat interessiert. Er wollte das loswerden wie die Blumenerde und wie ich diese bescheuerte Wette, denn er machte mich zwar ein bisschen nervös, aber sein Beziehungskram war so öde, wie Beziehungskram es immer war.

»Wow. Das ist ja wirklich – hart. Ich meine, ich kann mir vorstellen, wie es dir jetzt gehen muss.«

Er merkte nicht, dass ich Floskeln vor mir gab. Er war zu sehr damit beschäftigt, etwas herzustellen, das er für Nähe hielt.

»Und? Irgendetwas Spannendes im Kino gesehen die letzte Zeit?«

Ich erzählte ihm von Janes »In the Cut« und sagte, er sei nicht so spannend gewesen, wie es sich für einen Thriller gehörte, aber eben doch auf eine Weise spannend, die mich daran erinnert habe, dass es immer ein Fehler war, das Kino aufzugeben. Ich sagte auch, dass es dieser Film gewesen sei, der die eben geschilderten Veränderungen ausgelöst hatte. Er nickte höflich, lächelte kaum merklich und buchte es wohl unter meinen üblichen Übertreibungen ab.

»Hat die nicht mal einen Oscar gewonnen für diesen Film ... wie hieß er doch gleich?«

»Hat sie«, sagte ich, und wir sprachen weiter über irgendwelche Dinge.

Es dauerte nicht lange, bis wir uns wiedertrafen. Nachbarn eben. Die Umarmungen zu Begrüßung und Abschied wurden intensiver und meine Zweifel größer. Daran, wieder etwas mit ihm anzufangen, wie daran, es nicht zu tun.

Als er mich schließlich in Berlin besuchte, wo er, wie er sagte, ohnehin geschäftlich zu tun hatte, verschob sich die Unentschlossenheit ins Körperliche.

Drei Tage blieb er am Strausberger Platz. Als er mit seinem kleinen, schwarzen Rollkoffer Richtung Alex aufbrach, winkte ich ihm vom Schlafzimmerfenster aus nach und blieb ratlos zurück. Das Einrasten in die Vorhersehbarkeit einer Geschichte, die ihren Lauf nehmen würde, fühlte sich weniger schicksalhaft als mechanisch an.

Er hatte meine weitläufige Wohnung und meinen willigen Körper mit seiner Entschlossenheit markiert. Es war nicht diese Entschlossenheit, die mir zu schaffen machte, sondern die ihr eingeschriebene Dauer. Er meinte es ernst.

Ernst war unnötig. Ernst hatte ich jeden Monatsanfang auf dem Kontoauszug, wenn mit den Fixkosten die Kreditraten abgebucht wurden, mit denen ich brav und *auf Dauer* die beachtlichen Schulden der frühen Jahre abzahlte. Ernst hatte ich jeden Tag in der Firma, wo diese Fixkosten erwirtschaftet werden mussten, koste es, was es wolle, und sei es den letzten Rest Wahnsinn.

Den pumpte ich fortan in die immer häufigeren Begegnungen mit dem Mann. Ich wütete und schimpfte, stellte alles in Frage, sein Leben, sein Wissen, seine Krawatten und seine Bereitschaft, mir meine Zweifel nachzusehen. Vor lauter Wut über seine Redlichkeit schlief ich mit Männern, die mir viel weniger gefielen als er.

Es half nichts. Ich wurde ihn ebenso wenig los wie meine Befürchtung, dass ich ihn gar nicht loswerden wollte.

Irgendwann begannen wir uns zu sagen, dass wir uns liebten, was die Sache auch nicht besser machte.

»Was hast du denn?«, fragten meine Freunde. Sie fanden ihn toll, die Frauen vor allem. Sie betonten, dass keinesfalls jeder ein Künstler sein müsse – was ich auch nie behauptet hatte –, sondern ganz im Gegenteil es doch die bodenständigen Männer seien, die Frauen wie mich am Ende glücklich machten. Mit den Frauen wie mich meinten sie sich selbst und ihre eigene Sehnsucht nach Bodenständigkeit.

Allein Sarah fand ihn blöd. Sie waren sich ein paarmal begegnet, wenn Sarah am Strausberger Platz aufschlug, um sich Geld oder andere Dinge zu borgen oder ein paar Tage zur Entgiftung im Gästezimmer verbrachte. Wahrscheinlich beruhte das auf Gegenseitigkeit, aber der freundliche Mann ließ sich nicht zu Kritik an meiner Freundin hinreißen.

Sarah ging es nicht so gut. Ohnehin hatte sie stets nur kleine Rollen gespielt, aber selbst die waren weggefallen, seit sie ein paarmal gar nicht oder in desolatem Zustand am Set erschienen war. Sie hatte eine eingebaute Fähigkeit, nicht zu funktionieren. Mir imponierte das, weil mir Funktionieren als eine unangemessene Reaktion auf eine Welt erschien, die nichts anderes von einem erwartete.

Sarah hatte immer Zeit, das mochte ich fast so sehr wie das Beiläufige ihrer Grausamkeit. Wenn es mir schlechtging, war sie der einzige Mensch, den ich ertragen konnte. Wir nahmen unsere Probleme zu ernst, um uns mit ihren Lösungen aufzuhalten. Stattdessen setzten wir uns an die Tische irgendwelcher Bars oder Cafés, rauchten, tranken und schwiegen viel.

Das Thema »Männer« war im Grunde eine einfache Sache. Man konnte sie häufig wechseln, sie ganz außen vor lassen oder sich auf eine sogenannte Beziehung einlassen. Die Wechselei war mir zu mühsam geworden, das Weglassen klappte nicht so recht, vielleicht war also das Einlassen an der Reihe.

Ich beschloss, meine inneren Widerstände und ihre Übersetzung in Zeter und Mordio unter Erstverschlechterung abzubuchen und unserer Sache eine Zukunft zu geben oder sie auf jeden Fall nicht von ihrem absehbaren Ende her zu denken.

Der Mann und ich machten also Dinge, die man eben macht,

wenn man zu zweit ist. Gemeinsam auf Familienfeste gehen, gemeinsame Reisen und eine gemeinsame Wohnung in Erwägung ziehen, sich durch Pärchenabende quälen. Allerdings waren es allein seine Freunde, die allesamt Pärchen waren, fiel mir auf, und es war allein ich, die sich bei Gesprächen über Handytarife und Wein- sowie Olivenölverkostungen quälte.

Auch Jane, so las ich in einem Text, den sie für eine Filmzeitschrift verfasst hatte, beschäftigte sich mit einer komplizierten Liebesgeschichte. Der von John Keats und Fanny Brawne im London des frühen 19. Jahrhunderts. Es war ihre Auseinandersetzung mit Keats' Leben und Werk, die sie zu diesem Stoff geführt hatte, aus dem sie, da war ich mir sicher, eine lupenreine Frauensache machen würde.

Besonders hatte sie Keats' Theorie von der »negativen Befähigung« begeistert. Diese beschrieb die Fähigkeit, Rätsel und Mysterien zu akzeptieren, »ohne verärgert nach Tatsachen und Gründen zu forschen«, zitierte Jane.

Ich las dem Mann Janes Essay vor. Wie ich vermutet hatte, gefiel auch ihm diese Theorie sehr gut, und wir beschlossen, den geplanten Film beizeiten gemeinsam zu schauen.

Neun Monate später, am 24. Dezember, überreichte der Mann mir in meiner Wohnung am Brüsseler Platz einen Umschlag, bevor er sich auf den Weg nach Bonn machte, um dort mit seiner Familie Weihnachten zu feiern, wie ich in Köln-Longerich mit meiner feiern würde.

Der Umschlag enthielt den Ausdruck zweier online bestellter Kinokarten für die Vorführung von »Bright Star« am 1. Januar im Cinemaxx am Potsdamer Platz.

Vor dem Film traf ich Sarah ohne den Mann im Hyatt in der Lobby mit den samtenen Sesseln und Sofas. Wir waren beide leicht verkatert, ich von einer mäßig interessanten Silvesterparty bei Freunden von mir, von denen ich zu Recht angenommen hatte, sie würden dem Mann gefallen. Sie von dem Alkohol, den sie allein in ihrer Kreuzberger Wohnung konsumiert hatte, denn, so sagte sie: »Ich kann grad nicht so mit Menschen.«

Außer uns saß nur eine Handvoll Berlin-Touristen am unvermeidlich knisternden Kamin und starrte auf meine unerschütterlich schöne Freundin. Sie hatte sich das weiche Haar am Wirbelpunkt der Kopfkrone leicht toupiert, was die Jackie-Kennedy-Assoziation verstärkte. Sie erzählte von Regisseuren, die sie nicht besetzten, weil sie mit ihr schlafen und das Nichtbesetzen als Respektsbeweis verstanden wissen wollten.

Aber auch wenn sie mit ihnen schlief, was ihr nichts ausmachte, besetzten sie sie nicht und sagten Dinge wie: »Wenn es nach mir ginge – jederzeit, aber bei der Produktion giltst du leider als *schwierig*.«

Sarah wäre eine gute Jane-Heldin, in der Art, wie sie niemandem gefallen wollte. Es war ein Zug um ihren Mund gereift, man könnte ihn spöttisch nennen, wenn er den Männern gälte, die das dumme Zeug reden, mit denen sie sich gleichwohl immer wieder abgab; man könnte ihn bitter nennen, wenn er ihr selbst gälte, die sich ihrem sicheren Unglück auslieferte.

Sie hatte keine Lust, mit ins Kino zu kommen. »Ich kann nicht mit Liebesfilmen«, sagte sie. Als ich ausführte, dass es sich um keinen richtigen Liebesfilm handle, und auf das bekanntermaßen tragische Ende des Filmes hinwies – Keats frühen Tod –, sagte sie, dass sie mit so etwas gerade erst recht nicht könne.

Wahrscheinlich konnte sie einfach nicht mit dem Mann.

In einem vom Servicepersonal unbeobachteten Moment, steckte sie die silberne Teekanne mit einer routinierten Bewegung in ihre große Tasche und stand ohne Hast auf.

»Taschentücher nicht vergessen«, grinste sie, umarmte mich flüchtig und ging zurück in die Einsamkeit, aus der sie gekommen war.

Der Mann traf wenige Minuten später ein. Wie immer war er pünktlich, und wie meistens hatte er sich eingelesen, wie er es nannte. Er hatte also das Leben von Keats ausgiebig gegoogelt und einige seiner Gedichte gelesen.

Wir liefen die paar Schritte vom Hyatt zum Cinemaxx, und ich war mir mit einem Mal nicht mehr sicher, ob es eine gute Idee gewesen war, an diesem ersten Januar das Jahr zu dritt zu beginnen. Jane, der Mann und ich.

Doch, das war es, wusste ich nach wenigen Minuten. Der Mann würde Fanny mögen, sie war kess und selbstbewusst und machte keinen Hehl aus den Gefühlen, die sie für Keats empfand. Ihm gegenüber schon gar nicht. Sie ließ ihn beim Ball zu sich bringen, sie klopfte an seine Tür, sie brachte ihm Blumen.

»Kennt man die Schauspielerin?«, fragte der Mann, seine vollen Lippen dicht an meinem Ohr.

»Abbie Cornish, ja«, hauchte ich, was ihm nichts sagen würde, außer, dass »man« in diesem Fall ich war.

Fanny stickte und nähte, sie putzte sich heraus, nicht für den geliebten Mann, sondern um dem schönen Leben als höhere Tochter im feinen Londoner Vorort Hampstead Schönes hinzuzufügen. Um sich auszudrücken in Form und Farbe und Extravaganz.

Keats sinnierte und schrieb ohne Pathos, aber voll der Eile eines Menschen, der ahnt, dass ihm nicht viel Zeit beschieden ist. Jane gab diesem Dichter viel eigenen Raum. Das war neu. Ich fragte mich, warum sie ihm als Mann dieses Privileg zuteilwerden ließ. Vielleicht, weil er ein Künstler war und die Sehnsucht der stolzen Fanny nach Ausdruck verkörperte. Weil er ein berühmter Dichter war, den man als Teil eines Paares nicht außer Acht lassen konnte. Könnte man aber trotzdem. Könnte Jane jederzeit.

Zunächst gemeinsam und später einzeln, in Gedanken an den jeweils anderen verloren, spazierten Fanny und Keats durch die englischen Landschaften im Wandel der Jahreszeiten. Alles im Dienste wunderschöner, mit elegischen Geigenklängen unterlegter Bilder.

Der Mann griff mit seiner großen Hand nach meiner. Von der Seite sah ich seine freudig gespannten Züge. Er mochte den Film.

Mir jedoch fehlte etwas, und als Fanny sich endlich gegen die Bedenken der Familie, vor allem die ihrer Mutter, gegen einen unwürdigen Liebhaber durchgesetzt hatte, wusste ich auch, was mir fehlte: Mir fehlte der Sex, nicht nur wegen »In the Cut«, mit dem »Bright Star« leider auch sonst so gar nichts gemeinsam hatte. Und die Zweifel, die sich mit dem Sex einstellen, sobald ihn jemand ernst nimmt, fehlten mir auch.

Für einen Moment hatte ich die beiden Liebenden vergessen, die vor unseren Augen erst erfolgreich gegen die Konvention und nun vergeblich gegen Keats' Schwindsucht kämpften. Seinen Tod verarbeitete Fanny zu einem Trauerkleid. Aus Leid wurde Kunst.

»Bright Star« war ein Melodrama, auch wenn ich das dem Mann gegenüber später nicht erwähnen würde, um seine Gefühle – ich sah die Tränen in seinem Augenwinkel – nicht mit einem Genre und dessen Aufgabe, eben diese Tränen hervorzurufen, abzuwerten.

»Oh, das war aber traurig.« Der Mann schniefte ein wenig auf der Rolltreppe ins Parterre des Sony Centers.

Ich konnte mit dem Film nichts Rechtes anfangen, also nahm ich ihn als Zeichen, nein, als Janes Botschaft an mich: *»Stand by your man.«*

Wenige Wochen nach dem insgesamt sehr harmonisch verlaufenen Abend des ersten Januar fuhr ich zu den Studios der Berliner Union Film, von denen ich noch nie gehört hatte. Sie lagen irgendwo im Süden der Stadt, weit entfernt von allem Vertrauten.

»Die A 100 ist dicht«, wusste der Taxifahrer, »in Ordnung, wenn wir die Strecke Lindenstraße/Mehringdamm fahren?«

»Ja, klar.« Ohnehin sagte mir das alles nichts. Als wir den Mehringdamm hochfuhren, war mir die links abgehende Bergmannstraße mit einem Mal doch vertraut, weil der Mann gern ins dort gelegene Restaurant »Austria« ging. Wir gingen oft gemeinsam essen, weil ich nicht gern und er sehr schlecht kochte.

Wir fanden das beide völlig okay, wie wir mit vielen Dingen völlig okay waren, die zwischen anderen Paaren offenbar ein Riesenthema waren: Geld, Haushalt oder Sex. Auch das anstehende Wohnungsthema würde sich sicher einvernehmlich lösen lassen. Diese Köln-Berlin-Pendelei nervte mindestens ebenso wie das ewige Hin und Her zwischen seiner und meinen beiden Wohnungen.

Ein paar hundert Meter oberhalb der Bergmannstraße bog der Fahrer rechts in eine Straße mit mittelschönen fünfstöckigen Altbauten und den üblichen Geschäften in den ebenerdigen Ladenlokalen: Filialen von Optiker- und Bäckereiketten, »Spätis«, Reinigungen und ein »Butter Lindner«. Bald jedoch wurden die Läden kurioser – ein Miedergeschäft mit Fünfziger-Jahre-Schriftzug oder ein Hundesalon mit Pudellogo – bis es gar keinen Einzelhandel mehr gab und freundliche Einfamilienhäuser das Straßenbild bestimmten.

Die Vorgärten dieser Häuser waren liebevoll gestaltet, die Menschen standen vor den kleinen Häusern zusammen und plauderten, und überhaupt wirkte mit einem Mal alles ungeheuer friedlich in dieser Straße gleich oberhalb von Kreuzberg, also praktisch in Kreuzberg.

»Wo sind wir denn hier gelandet«, fragte ich verblüfft.

»Das ist Tempelhof, junge Frau«, sagte der Fahrer.

Nach einer kurzen Pause fügte er hinzu: »Hier wollten sie doch hin.«

Ja, dachte ich, als wir an einem kleinen Platz vorbeifuhren, in dessen Mitte kleine Kinder an einem kleinen Brunnen spielten, hier will ich wirklich gern hin.

Der Mann freute sich über meine Begeisterung, als ich ihm von der wie aus der Zeit gefallenen Siedlung erzählte, und versprach, sich umzuhören.

Der erste Tipp, ein angeblich zum Verkauf stehendes Haus an der Manfred-von-Richthofen-Straße, Ecke Schreiberring, hatte sich erledigt, wie das nette Ehepaar erklärte, an dessen

Tür wir geklingelt hatten. Sie seien gerade mit den beiden Kindern eingezogen, die Gegend sei ja sehr im Kommen.

Unsere offenkundige Enttäuschung nahmen sie sich zu Herzen. Sie könnten nichts versprechen, aber sie hätten gehört, die alleinstehende Dame in dem hundert Meter weiter gelegenen Haus am Adolf-Scheidt-Platz wolle fortziehen.

Die alte Frau Heimersdorf ließ uns nicht herein, aber sie erzählte, die Haustür aus Messingimitat einen Spalt weit geöffnet, von dem schrecklichen Sturz die Holztreppe hinunter, den Krankenhauskeimen, die sie sich nach dem Beinbruch eingefangen hatte, denen die entstellenden Flecken in ihrem Gesicht geschuldet seien. Und von den Plänen des Sohnes, sie ins Heim zu stecken, um sich das Geld für das Haus, in dem er groß geworden war, unter den Nagel zu reißen. Wir nickten verständnisvoll.

Drei Monate später unterschrieben wir den Kaufvertrag, und ich kündigte meine Wohnung am Strausberger Platz.

Wir ließen Löcher stopfen, Böden schleifen, Bäder kacheln und Fenster vergrößern. Der Mann trug die Raufasertapeten ab, dämmte den Dachboden und fällte marode Nadelbäume im Garten. Und ich richtete ein, bis der letzte Vorhang gezupft war, die letzte Lampe leuchtete und ein letzter Hieb das Paul-Smith-Kissen spaltete.

Als wir die Möbel vom Strausberger Platz in unser neues Zuhause verbracht hatten, bat der Mann mich, mit ihm vor die Tür aus Messingimitat zu treten, die wir zügig gegen ein historisch korrektes Modell tauschen wollten.

Eine Weile schwieg er bedeutungsvoll, dann trat er an mich heran, griff mit dem einen Arm unter meine Arme, mit dem anderen nach meinen Kniekehlen. Er hob mich hoch, wie Kevin Costner Whitney Houston in »Bodyguard« hochgehoben hatte, und trug mich freudestrahlend über die Schwelle in den Hausflur, wo er mich vor der kleinen, für Schlüssel vorgesehenen Ablage absetzte.

FÜNF

Julian und seine Assistentinnen warten in der gut besuchten Bar des Hotels Concorde auf die ankommenden Journalisten. Sie platzieren sie an kleinen Tischen, bis Jane für die nächste Interviewrunde bereit ist, und bieten Speisen und Getränke an.

Schmale Damen mit straffgezogenen Pferdeschwänzen gleiten an die Journalistentische und möchten achtlos zusammengeknüllte Mäntel, Mützen und Schals gegen Garderobenmarken tauschen, aber nein, das wollen die Journalisten nicht zulassen. Julian lächelt beschwichtigend.

Mit unbewegter Miene entfernen sich die Garderobieren, nahtlos gefolgt von Servicekräften mit Dutt und Kostüm. Auch sie gleiten. Ihre Beflissenheit moderiert sich zu dem fragenden »Die Dame? Der Herr?«, wenn sie, die Hände auf dem Rücken gefaltet, weit nach vorn gebeugt die Bestellung entgegennehmen, um sie, wie alles Weitere, mit einem callcenterhaft intonierten »Sehr gern« zu quittieren.

Ständig müssen sie sich über tiefe Sitzmöbel und Tische beugen. Zu niedrig sind die Tische, um die Häppchen, die sie servieren, elegant zu verspeisen. Winzig die Wachteleier auf dem Salade Niçoise, platziert auf fragilen Beistelltischen mit Beinen, dünn wie die Zahnstocher, die die Clubsandwichs mit dem gepressten Putenschnitzel zusammenhalten.

Ich halte mich ein wenig abseits. Ich bin aufgeregt. Des Mannes wegen, der in der Mail letzte Nacht seine Rückkehr für Sonntag angekündigt hat – »Ich bin bereit, bist du es auch?« –, Tims wegen, dessen Hotel und Zimmernummer ich nun kenne. Vor allem aber Janes wegen, die, nur wenige Meter entfernt, ins schummrige Licht der gedimmten Stehlampen getaucht, mit dem Rücken zu mir sitzt.

Wartezimmer in Privatkliniken, vor allem jene, die sich auf die sogenannte ästhetische Medizin spezialisiert haben, werden augenscheinlich von denselben einer allgemeinen Beruhigungsabsicht verpflichteten Innenarchitekten ausgestattet wie Hotelbars. Warm der rotbraune Ton der holzverkleideten Bar und der Wände. Das Alcantara der nicht zu straff gepolsterten, tiefliegenden Sofas und Sessel in Kurzhaardackel-Optik, pflaumenfarben der hochflorige Veloursteppich, der die hohen Stimmen erregter japanischer Krawattenmänner und das lebhafte Gelächter an Janes Pressetisch auf Zimmerlautstärke dämpft.

Nur der Kamin aus dem Hyatt fehlt zur Abrundung des Fünf-Sterne-Flairs. Doch auch so ist es hier wohlig temperiert, die Kälte des Ku'damms bleibt ebenso ausgesperrt wie die Geldnot der meist freien Journalisten, die sich an gutgeschäumten, fremdfinanzierten Acht-Euro-Kaffees wärmen.

Die Oberkörper über die Tischplatte mit den iPhones gebeugt, schauen die Journalisten gebannt auf Jane, deren langes, graues Haar über die Armlehne des Sessels fällt. Sie lacht und gestikuliert mit weiter ausladenden Gesten als damals. Sie scheint die Aufmerksamkeit zu genießen, auf jeden Fall ist sie frei von Scheu.

Jane kennt diese Schönheitskliniken sicher nicht von innen, wahrscheinlich geht sie nicht einmal zum *Waxing*. Auch die gemütliche Kleidung und die flachen Schnürschuhe weisen darauf hin, dass sie – wie damals – Äußerlichkeiten keinen Wert beimisst.

Ich habe mein Lieblingskleid für sie angelegt, ein vielfarbig leuchtendes, anschmiegsames Wickelkleid von Etro. In wenigen Minuten werde ich ihr gegenübersitzen. Ich atme tief ein. Während ich sie beobachte, breitet sich das Bedeutsame unseres Wir in meinem Innersten aus wie frisch gesponnene Zuckerwatte.

»Was für ein Kleid!« Julian steht vor mir. Er freut sich. Ich freue mich. Wir spielen damals. Als das Concorde Majestic hieß. Und der Ku'damm Croisette. Und das Etro-Kleid ein secondhand erworbenes Mugler-Kleid mit schwarzer Blitzapplikation war.

Ich erzähle Julian, der mir damals das »Bob Roberts« – Poster besorgt hatte, von meiner Begegnung mit Tim am Abend zuvor. *»He's great«*, sagt Julian, und ich sage ihm, dass Tim dasselbe über Jane gesagt habe. *»Oh, she is«*, bekräftigt er.

Vielleicht sollten sie sich zusammentun, schlage ich vor. Das war ein Scherz, aber Julian hält das für eine gute Idee, sie sei schon seit einer ganzen Weile allein. Er sagt *»on her own«*, nicht *»single«*.

Ich erwähne, dass Jane und ich uns ein wenig kennen, aber Julian, der nicht zu Unrecht davon ausgeht, dass jeder Journalist jeden ehemaligen Interviewpartner zu kennen glaubt, will lieber von Töchtern sprechen, seiner und Janes. Seine ist Modell für Übergrößen und widmet sich in ihrem laut Julian vielbeachteten Blog dem Selbstwertgefühl korpulenter junger Frauen. Janes Tochter heißt Alice Englert und ist, achtzehnjährig, auf dem besten Weg zu frühem Schauspielruhm. Sie ist also hübsch, frage ich. *»Oh, she's gorgeous«*, erwidert Julian.

Jane sitzt dort drüben mit ihrem Ex Gerard, mit dem sie »Sweetie« schrieb, ihre Tochter ist *»gorgeous«*, ihre Schwester, der sie in »Sweetie« ein filmisches Denkmal gesetzt hat, ist tot, ebenso wie ihr kurz nach der Geburt verstorbener Sohn. Die Trennung von dem Vater beider Kinder, einem gewissen Herrn Englert, sei sehr schmerzhaft gewesen, weiß Julian.

Ich denke an die Oscar-Verleihung, an den linkischen Stolz, mit dem *Colin* sie umfasst hatte, und frage mich, wie sehr sie um den Bestand dieses lang ersehnten Glücks gekämpft hat, als eine von Julians Assistentinnen zu uns stößt und fragt, wie lange das laufende Interview noch dauern werde.

»Einen Moment bitte ...«, beschwichtigt er sie und starrt stirnrunzelnd auf sein iPad. Er knabbert Nägel, tippt und fährt sich mit der Hand abwesend durchs Haar, bevor er mich erneut ansieht und mir versichert, es sei *»truly lovely to see me«*. Er meint das. Er hat jene wollsteinhafte Wärme, die den gleitenden »Sehr gern«-Menschen abgeht, eine Unruhe auch, wie sie Menschen eigen ist, die ernst nehmen, was sie tun.

Die Assistentin stellt mir die drei Kollegen vor, mit denen ich das Interview führen werde: einen Spanier, eine Australierin, eine Türkin. »Top of the Lake« scheint in viele Territorien verkauft worden zu sein.

Julian schickt sich an, das laufende Gruppeninterview zu beenden, indem er drei Finger in Richtung der Fragesteller hebt. Das macht er also immer noch, drei letzte Fragen zulassen, wenn die anberaumte Zeit verstrichen ist.

Dann ist es so weit. Die Vorgruppe erhebt sich. Wir rücken nach. Ich nehme Platz auf dem vorgewärmten Sessel, links von dem Sofa, auf dem Jane mit ihrem Ex sitzt. Ich bin Teil des Kreises, den vier Fragesteller um dieses Sofa bilden. Ich weiß mit Sicherheit am wenigsten von uns allen. Nichts über die Zukunft, nichts über Jane und über mich schon gar nicht.

Ich bin randvoll mit Fragen.

Julian stellt uns vor, die Namen, die Medien. Ihr Ex schaut mich erfreut an. Auch Janes Blick richtet sich auf mich. Sie lächelt offen, zögert einen Moment und nickt mir zu, wohlwollend, aber nicht erkennend.

Die Australierin fragt zuerst. Sie interessiert sich für die Drehorte und die Zusammenarbeit mit der *New Zealand Film Commission*. Jane antwortet routiniert. Die Türkin fragt nach der Hauptdarstellerin Elisabeth Moss, die, so führt sie aus, ja in »Mad Men« mitspiele. Jane nickt erfreut, als höre sie das zum ersten Mal, und sagt, sie hätte ursprünglich Anna Paquin für die Rolle vorgesehen.

Ich nicke leise, das könnte sie doch sehen. Stattdessen erklärt sie der Runde und damit mir, wer Anna Paquin ist: das Mädchen aus dem »Piano«, das zuletzt in der Serie »True Blood« reüssierte. Das weiß ich doch, Jane. Ich weiß das! Genauso wie ich weiß, dass sie in Spike Lees »25th Hour« das Mädchen im Club war. Bitte, ich habe das doch alles drauf. Soll das wirklich alles gewesen sein, was uns geblieben ist – Geplänkel in einer Hotelbar?

Ich versinke in Unsichtbarkeit und beobachte das Geschehen, das sich ohne mich haargenau so abspielen würde. Weil es hier überhaupt nicht darum geht, was ich mir ersehnt habe. Weil es überhaupt nicht um mich geht, und auch nicht um Jane, sondern allein ums Geschäft.

Wie geht es weiter, Jane, wenn das Geschäft erledigt und

die Serie vermarktet ist? Kämpfst du noch einmal um das Glück mit einem Mann, den du beschließen wirst zu lieben? Schläfst du überhaupt noch mit Männern, Jane? Lässt du dein langes, graues Haar über ihre Körper rieseln, wenn du auf ihrem möglicherweise nicht voll erigierten Geschlecht sitzt, dich zum Kuss über altersgeweitete Brustkörbe mit ergrautem Brusthaar beugst?

Oder verläuft es dynamischer, und du empfängst, auf dem Rücken liegend, rücksichtslos rhythmisierte Stöße, dein Mund geweitet zu einem lustvollen Lächeln mit jenem mir wohlbekannten schmerzhaften Anflug, bis du erleichtert oder gar dankbar in Tränen ausbrichst?

Gerard blickt mich mit einem Mal besonders aufmerksam, beinahe verschwörerisch an, als könne er Gedanken lesen. Nein, Gerard, du bist hier außen vor. Ich rede mit Jane. Die jedoch hört mich nicht, und das ist wirklich zum Heulen.

Dabei habe ich doch die vergangenen Monate ausreichend Tränen vergossen: Auf den sorgsam polierten Terrazzoboden der Küche, auf die Hotel-Concorde-weichen Teppiche im Wohnzimmer und auf das regelmäßig geölte Parkett aller drei Etagen.

Ich weine in die Kopfkissen, wo die Tusche schwarze Schlieren hinterlässt, ich weine in das dunkelgrüne Glas des Waschbeckens und in das Email der Wanne mit Übergröße. Ich weine in das vom Mann regelmäßig gemähte Gras im Garten und im Vorgarten und in seine Wollpullover, die ich mit in das Doppelbett nehme, das ich allein mit meiner Schlaflosigkeit teile.

Natürlich schäme mich für das Geheule, wie ich mich für die nicht gedrehten Filme schäme und für mein Leben in der Endstation Eigenheim. Ich habe dich enttäuscht, Jane.

»Top of the Lake« macht das jedoch keinesfalls besser, deine Serie hat *mich* enttäuscht, Jane.

Warum Tui zwölf sein müsse, warum so jung, frage ich unvermittelt in das laufende Gespräch über eine mögliche Fortsetzung von »Top of the Lake« hinein. Und warum Genevieve – nein, ich sage nicht, dass ich sie aus »Sweetie« kenne – zu alt sei, um das Recht auf Sex zu haben, der diesen Namen verdient, fahre ich mit unverhohlen kritischem Unterton fort.

Jane schaut mich überrascht an. Ich erwidere diesen Blick, sehe eine Klugheit in ihren grauen Augen, von der ich erwarten darf, dass sie weit genug in die Vergangenheit reicht, um mich darin zu entdecken.

»Nun, das ist eine wirklich interessante Frage«, schaltet sich Gerard ein und erzählt von der Entstehung und Entwicklung der Figuren und der Story. Und nein, er sagt nicht »Fallhöhe« und »*Plotpoint* eins, zwei und drei«, aber er meint genau das: schematisches Erzählen.

Bei den Sexszenen sei im Publikum gelacht worden, werfe ich, an Jane gewandt, ein. Jane gefällt das.

»Sex ist ja auch komisch«, sagt sie.

»Ist er nicht.« Ich werde bockig. »Nicht, wenn man ihn hat.«

»Besonders wenn man ihn hat.« Sie lacht, das Thema scheint ihr Freude zu bereiten. »Nichts ist so sehr mit Hoffnung und Irrsinn verknüpft wie der Geschlechtsakt. Ich schreibe meinen Figuren nicht vor, wie sie sich das organisieren. Ich folge ihren Bedürfnissen.«

Sie wird banal, und ich werde rechthaberisch: »Na ja, die Bedürfnisse haben Sie doch den Figuren zugeschrieben. Ich meine, Sie haben das doch alles selbst erfunden, die Figuren, deren Bedürfnisse, das ganze Ding ...«

Was für ein dummes, erwartbares Gespräch.

»Wissen Sie, Sex soll so viele Widersprüche auflösen. Zwischen den Geschlechtern, aber mehr noch in uns selbst.« Jane hat meine Enttäuschung bemerkt und wird ehrlich.

Ich nicke interessiert.

»Wir wollen Nähe und Anonymität. Wir wollen egoistisch und selbstbezogen sein und suchen doch Verbindung ...«

Ja, das tun wir, Jane, das tue ich. Jetzt gerade suche ich die Verbindung zu dir, und für einen kurzen Moment scheint mir, wir sind auf einem guten Weg.

»Unsere Sehnsucht nach Hingabe trifft auf Angst vor Kontrollverlust, Wir überfordern den Sex – aber all das zu erzählen, darauf hatte ich diesmal schlicht keine Lust«, ergänzt Jane und will fortfahren, als Julian und seine Assistentin an den Tisch kommen und synchron drei Finger heben.

Der Spanier fragt rasch nach dem nächsten Projekt und die Türkin nach dem Zeitpunkt der Fortsetzung von »Top of the Lake«.

Janes Ex lächelt mich einladend an. Jane merkt es nicht oder kennt dieses Lächeln zu gut, um sich noch damit abzugeben.

Alles kennt sie gut. Das weltweit vereinheitlichte Ambiente der Fünfsternehotels, die Fragen zumeist dürftig entlohnter Journalisten, die Effizienz unterwürfiger *Publicists*. Die eigentliche Geschichte kennt sie nicht mehr. Unsere.

Julian blickt ermutigend in die Runde. Eine letzte Frage steht im Raum.

Ich hätte mehr als eine. Ich komme mit Schmerzen, mit

einem Notizblock ganz unten im Müll meiner Tage. Mit einer Mail, die die dort hinterlassene Nachricht ergänzt. Ich komme aus dem Eigenheim in Tempelhof, wo die Kinder schreien und die Piloten verbrennen.

Suchen wir die Männer, bei denen wir den Schmerz finden? Sind wir wirklich so banal? Wolltest du das in »Top of the Lake« noch einmal erzählen, wie du es in »In the Cut« getan hast? Kann ich das als letzte Frage stellen, und darf ich sie gleich selbst mit »Ja« beantworten?

»Okay«, Julian klatscht in die Hände, »das war's für heute!«

Die Journalisten räumen ihre Geräte vom Tisch und stehen auf.

Einen Blick riskiere ich noch auf Jane, einen letzten flehentlichen Blick, der ein Wiedererkennen zu erzwingen sucht. Aber es ist allein ihr Ex, der am Ende fragt, wo aus Deutschland ich herkomme. »Nicht weit von hier«, murmele ich in den allgemeinen Aufbruch.

Jane beugt sich tief zu ihrer Tasche hinunter und wühlt ausgiebig darin herum, als ich den Tisch verlasse.

»Entschuldigung!« Ich drehe mich um und sehe Jane, die mich zu sich heranwinkt, während Gerard in die entgegengesetzte Richtung davongeht. »Kann ich Sie etwas fragen?«

Ich muss sofort an »Inspektor Columbo« denken, der am Ende jedes seiner Verhöre an der Türschwelle kehrtmachte, um eine letzte, nur scheinbar unwichtige Frage zu stellen.

Und genau das sage ich ihr.

»Peter Falk, ja.« Jane reagiert belustigt. »Diese Columbo-Serie war unglaublich erfolgreich, nicht wahr?«

»Bei uns in Deutschland auf jeden Fall. Sie wurde ewig wiederholt und machte Peter Falk zu einem großen Star. Niemand kannte seine Cassavetes-Filme, aber alle liebten ihn als Columbo.«

»Sie mögen Cassavetes?« Ich nicke.

»Kennen Sie seinen ersten Film ›Shadows‹?« Ich nicke ein weiteres Mal.

Jane setzt sich wieder hin und bedeutet mir, dasselbe zu tun.

»Diese Szene, als der ältere weiße Mann seine junge Geliebte bei ihren ›Brüdern‹ abholen will und sie ihm minutenlang auf der Nase herumtanzt?«

Natürlich kenne ich die Szene, und sie weiß es. Wenn sie glaubt, es braucht dieses Abchecken – bitte sehr.

»Lelia, ja. Ich habe nie verstanden, ob die drei wirklich Geschwister waren oder das bloß vorgaben … – Kennen sie ›Love Streams‹, wo Cassavetes Gena Rowlands zu seiner Schwester gemacht hat?«

Jetzt nickt Jane und weiß, dass ich weiß.

»Als Gena verreisen will und nicht vorwärtskommt, weil sie viel mehr Gepäck dabeihat, als sie tragen kann? Ihr panisches Hin-und-her-Gerenne in den endlos langen Gängen am Flughafen?«

Ich hatte ewig nicht mehr an diesen Film und dieses Übergepäck gedacht. Bevor ich das als besonders bedeutsam auslegen kann, macht Jane eine wegwerfende Handbewegung, die einen Themenwechsel einläutet.

»Hören Sie, Ihnen gefällt ›Top of the Lake‹ nicht. Sie finden es komplett doof, stimmt's?«

Ich zögere kurz, bevor ich stumm nicke.

»Mich würde interessieren, warum.«

Ich bin es von Berufs wegen gewohnt, Kritik so geschickt

zu dosieren, bis sie ermutigend wirkt. Das mache ich bei allen, nur bei dem Mann verzichte ich darauf. Und jetzt bei Jane.

Zögernd zuerst, dann mit immer festerer Stimme spreche ich über Tui, Elisabeth und Holly. Und über Meg und »In the Cut«, der auf so viel interessantere Weise missraten war, als es diese Serie ist. Über Sex, den man sehr wohl ernst nehmen muss, und Sweetie, die sie als Schauspielerin wie als Figur verraten hat. Über die falschen Konsequenzen, die sie aus dem kommerziellen Misserfolg ihrer Filme gezogen hat. Über ihre Kapitulation vor der Konvention.

Ich rede und rede, belege das Gesagte ausführlich und schaue sie kaum an.

Ich bin fertig. Stille.

Ich weiß nicht, was sie denkt, ich weiß nicht mehr, wer sie ist. Aber wem sonst hätte ich ehrlich sagen sollen, was ich von ihrer Arbeit halte, wenn nicht ihr?

Jane nickt ausdruckslos und atmet tief ein, bevor sie mir antwortet.

»Ich stimme ganz und gar nicht mit Ihnen überein. Sie glauben, mich zu kennen, und Sie glauben, das gibt Ihnen das Recht, etwas von mir sehen zu wollen, das Ihren Erwartungen entspricht.«

Ihre Worte tun mir nicht weh. Es tut mir nie weh, wenn Menschen etwas sagen, was sie wirklich meinen.

»Hören Sie: Ich mag diese Serie sehr. Wirklich. Es hat mir Spaß gemacht, sie zu schreiben, und es hat mir Spaß gemacht, sie zu inszenieren. Ich konnte vieles ausprobieren und hatte alle Freiheit der Welt. Ich werde eine Fortsetzung drehen, und ich werde auch meine Kinoarbeit nicht aufgeben.«

Jane schaut mich an und wirft den Kopf in den Nacken.

»Es würde mich freuen, wenn mein nächster Film Ihnen wieder gefallen würde. Ich teile Ihre Meinung über ›Top of the Lake‹ überhaupt nicht, aber wenigstens wissen Sie, wovon Sie reden.«

Ich schüttle abwehrend den Kopf.

»Doch, das tun Sie. Sie ahnen ja gar nicht, welchen Quatsch ich mir den ganzen Tag anhören muss von Ihren sogenannten Kollegen. Glauben Sie mir, Sie sind wirklich eine sehr gute Journalistin.«

Ich stehe auf, gehe zu ihr und lege meine Hand an ihren Oberarm. »Alles Gute, Jane«, sage ich und wende mich zum Gehen.

Ein schmaler, dunkelhäutiger *Bellboy* in cremefarbener Uniform öffnet mir die Tür nach draußen. »Danke«, sage ich, und er erwidert: »Sehr gern.«

SECHS

Es tut gut, nichts zu fühlen. Ohne Eifer, ohne Zorn und ohne Fahrrad die Joachimstaler Straße Richtung Zoo zu laufen. Ohne Plan auch, denn alle meine Pläne haben ja nur bis zu diesem Nachmittag mit Jane gereicht.

An der Ecke Kantstraße kommt ein Mann mittleren Alters aus dem Beate-Uhse-Sexshop. Als er bemerkt, dass ich ihn interessiert anschaue, wechselt sein Gesichtsausdruck von entspannt zu jener Selbstsicherheit, mit der Männer seit Jahrzehnten frisch erleichtert aus Sexshops in die Geschäftsstraßen der Innenstädte hinaustreten.

Vielleicht tue ich ihm ja unrecht, wie ich derzeit anscheinend allen unrecht tue. Vielleicht hat er, anstelle unzeitgemäße Videokabinen aufzusuchen, bloß die Vargas-Zeichnungen im angeschlossenen Beate-Uhse-Museum betrachtet oder seiner Gattin ein *Sextoy* ihrer Wahl besorgt.

Alles keine große Sache. Die großen Sachen legt man sich zurecht. Mal vergrößern wir Vorhandenes – Mann, Karriere, Eigenheim –, bis es die Dimension unserer Glücksvermutung erreicht, mal die Abwesenheit eben dieser Dinge, bis die als Ursache unseres Unglücks herhalten kann.

Der Mann ist vorhanden und abwesend zugleich in der Verachtung, mit der ich ihn für beides strafe.

Verachtung, auch so ein aufgeblasenes, selbstgerechtes Gefühl, denke ich inmitten der Menschenmenge am Bahnhof

Zoo, die sich an diesem frühen Freitagabend Richtung Feierabend bewegt.

Ich habe nichts zu feiern. Jane ist Geschichte, der Mann nimmt sich Zeit bis übermorgen, und ins Kino gehen mag ich auch nicht.

Wie alle eifersüchtigen Menschen habe ich einen Hang zum Fremdgehen. Meine Eifersucht jedoch ist mir entglitten, wie mir der Mann entglitten ist, dessen polnische Exfrau ich nun jederzeit auf einen Wodka einladen würde.

Unter der Eisenbahnbrücke an der Hardenbergstraße lungern Obdachlose vor dem Ullrich-Supermarkt herum und erbetteln sich unter Verwendung diverser Dienstleisterfloskeln den nächsten »Kleinen Feigling«.

»Die Dame – darf ich kurz störren?« Die Frage wird in einem für mich undefinierbaren Akzent gestellt. Ein recht kleiner Mann steht vor mir und hält mir seinen verbeulten Pappbecher entgegen. Seine dunkelbraune Kleidung ist zerlumpt, aber seine Haut wirkt eher gebräunt als schmutzig, und sein schmaler, hängender Schnäuzer passt auch nicht ins Bild.

Ich krame in der Manteltasche nach Münzen, werfe sie ihm in den Becher und schicke mich an, die Treppe neben der defekten Rolltreppe hochzulaufen.

»Scusi, Signorina …?« Er ist also Italiener. Eher ungewöhnlich in diesem Milieu, denke ich, aber ein Grund für den verschwindend geringen Anteil von Italienern unter Pennern will mir partout nicht einfallen. Was will er denn noch, und überhaupt, *Signorina* …

Er hält sich zwei Finger vor den Mund und macht saugende Bewegungen. Ah, okay, Zigaretten habe ich dabei. Es sind meine *Für alle Fälle*-Zigaretten, von denen ich während der vergangenen Tage mehr geraucht habe als sonst im ganzen Jahr.

Ja, Feuer habe ich auch, und warum nicht gleich selbst eine rauchen in der streng nach Exkrementen aller Art riechenden Unterführung.

Der Italiener redet in jenem possierlich-radebrechenden Deutsch auf mich ein, das die westdeutschen Italientouristen meiner Kindheit an den Kellnern ihrer Hotels mit Vollpension so liebten.

Jetzt könnte er eigentlich noch ein *Bella Bionda* raushauen, denke ich und muss lachen. Er lacht erleichtert mit und verzichtet darauf, mir einen »Schönen Tag« zu wünschen, als ich meine halbgerauchte Zigarette ausdrücke und zur Treppe gehe.

Am Gleis vier setze ich mich auf einen der Sitzplätze aus vergittertem Metall und lächle die wechselnden Sitznachbarn an, die mit jedem Aufstehen und Hinsetzen die Sitzkonstruktion erbeben lassen.

Ich sehe zu, wie die S7 einfährt, die Fahrgäste aufnimmt und ohne mich ihren Weg nach Ahrensfelde fortsetzt. Auch der S5 und der S75 sehe ich bei der Weiterfahrt zu ihren Endstationen zu. Ich will nirgendwohin.

»Sue« saß in Amos Kolleks gleichnamigem Film auch gern auf Sitzbänken, allerdings am ungleich schöneren Washington Square Park in Greenwich Village. Die zarte, elegante Titelheldin trug ihr seidenes Kopftuch fein verknotet, schlief mit jedem und verarmte lautlos.

Ein heruntergekommener Schwarzer bat sie, die neben ihm auf der Parkbank Platz genommen hatte, ihre Brüste zu zeigen. Ihr irritiertes »Nein« war nur ein Reflex, dann rollte sie das schmale, cremefarbene Kaschmirtop nach oben und wandte ihm ihren Oberkörper zu, als stünde dort etwas Bedeutendes, das er in aller Ruhe zu lesen habe.

Ein anderer, deutlich ärger von Geilheit getriebener Mann hielt sie, die am Times Square herumstromerte, für eine *Professionelle* und sprach sie an.

Ihre Empörung war echt, *so eine* sei sie nicht, aber, sich in die Schnittmenge fügend, die ihre Willenlosigkeit mit dem Geschäftsgebaren von *so einer* hatte, lag sie im nächsten Bild einmal mehr in einer Absteige nackt neben einem Fremden.

»Ich kommuniziere über Sex« hatte sie einmal versucht, einer Barfrau ihre Sprachlosigkeit und ihre Willenlosigkeit zu erklären.

Es war ein sanftes Herausgleiten aus der Ordnung einer schwarzweiß gefilmten Welt. Die scheiternden Bewerbungsgespräche, das nicht angenommene Geld der freundlichen Barfrau, die vielen so bereitwillig wie kostenlos vollzogenen sexuellen Dienstleistungen.

Sue starb, erschöpft von sich selbst und ihrer Unfähigkeit, zu funktionieren, auf der Parkbank, dem Ort ihrer ersten Entblößung.

Ich kannte das alles. Ich war das alles. Mochte ich Sues Einsamkeit auch tief in mir verborgen halten, ihre Wortlosigkeit wegplappern, ihre Hilflosigkeit als Geschäftsmodell tarnen – wir bewohnten dasselbe Zimmer. Im Gegensatz zu Sue wusste ich jedoch, wo der Schalter war, um das Licht einzuschalten. Und: Ich reichte heran.

Glück wie Unglück sind Nuancen des Schicksals. Das Schicksal ist eine Erzählung, die hin und her wechselt, vom Leben ins Kino und wieder zurück. Wir können im falschen

Leben stecken oder, wie Sue, im falschen Film. Kein Schalter in Reichweite, keine andere Vorstellung im Programm.

Sue war keine Jane-Heldin, weil ihr Begehren sie nicht ermächtigt, sondern zerstört hat. Jane, begreife ich auf meinem zunehmend unbequemen Gittersitz, liebt die Schwäche der Frauen nicht, sie nutzt sie als Ausgangspunkt für Geschichten von Wiedergeburt und Transformation.

Ich ziehe mein Handy aus der Handtasche mit den Notizen für das Interview mit Jane und dem angesammelten Krimskrams der vergangenen Tage und tippe eine Nummer ein.

Als die Dame am anderen Ende der Leitung diese Nummer betont unterwürfig wiederholt: »Guten Tag, Ihre Auskunft, die Elfachtundachtzignull …«, ihren Namen ergänzt und mich fragt, was sie für mich tun könne, bitte ich sie, mich mit dem Ritz Carlton zu verbinden, und nein, ich möchte die Nummer nicht »kostenfrei per SMS« auf mein Handy geschickt bekommen.

Auch der Herr im Ritz Carlton informiert mich darüber, dass ich im Ritz Carlton angerufen habe, nennt seinen Namen und will wissen, was er für mich tun kann, bevor er mich »sehr gern«, mit dem Zimmer 215 verbindet.

Tim ist keinesfalls überrascht über meinen Vorschlag, ihn zu treffen, aber er muss in wenigen Minuten zur Jurysitzung, und deren Dauer sei ungewiss. Ob er mich später anrufen könne?

»Nein«, sage ich bestimmt, »ich werde in der Hotelbar auf dich warten.«

Er setzt noch einmal an, zu erklären, wie sehr die Meinungen auseinandergingen und dass es wirklich sehr spät werden könne und er keinesfalls wolle …

»Ich werde dort sein«, unterbreche ich und lege auf.

Das Interieur im Ritz Carlton verbindet den Kitsch der Edelbordelle – affige Springbrunnen, weiße Marmorstatuen und üppige Blumengestecke in vergoldeten Übertöpfen – mit dem geschmackvoll normierten Angebertum des Hotels Concorde.

Ich setze mich auf einen Barhocker an der mahagoniverschalten Theke und frage den Barkeeper, der mit einer weißen Serviette Gläser poliert, wie spät es ist. Ohne die Antwort abzuwarten, bestelle ich einen Wodka Orange, schalte mein Handy aus und greife in die Schale mit grün lasierten Nüssen.

Nach zwei Stunden fragt er mich, ob ich nicht einmal etwas Interessanteres trinken möchte. Er spricht mit osteuropäischem Akzent.

»Nein. Danke. Wenn ich durcheinandertrinke, werde ich zu betrunken.«

»Deswegen geht man doch in eine Hotelbar.« Er sagt »Hotel« mit heiserem »ch«.

»Sind Sie Russe?« Ich will kein Gespräch anfangen, sondern höflich sein.

»Nein.« Er schaut missmutig. »Ich komme aus dem ukrainischen Teil des Donbass.«

Er betont das auf eine Weise, als müsse mir das etwas sagen. Tut es aber nicht.

Er ist groß und schmal mit sehr langen Beinen. Sein früh ergrautes Haar liegt in schönen, achtlos geformten Wellen um das ebenfalls schöne Gesicht mit hohen Wagenknochen und dunkelgrünen Kirgisenaugen.

Die Kirgisenaugen erwähne ich, um ein weiteres Fettnäpfchen zu vermeiden, lieber nicht. Ohnehin ist er auf kein Gespräch aus und hat bisher nicht eine einzige Frage gestellt, die mit »Die Dame?« beginnt oder endet.

Stattdessen kippt er ziemlich unverhohlen in kurzen Abständen Wodka auf Eis und verlässt immer wieder seinen Platz hinter der Theke, um mit zunehmend geröteten Augen zurückzukehren. Die Bestellungen der Kolleginnen vom Service in der sich füllenden Bar nimmt er wortlos entgegen. Sie scheinen das gewohnt zu sein und machen keinerlei Anstalten, ihn in ihr Geplauder während der ruhigeren Momente einzubinden.

Ich bitte ihn, das Mischverhältnis meines Longdrinks zugunsten des Orangensafts zu adjustieren und mir außerdem einen Strohhalm zu geben, weil, so erkläre ich, mich das an früher erinnere. Er nickt. »Früher« scheint ein Wort zu sein, das ihm etwas bedeutet.

Mir eigentlich nicht. Aber seit Jane unsere Verbindung gekappt hat, auf jeden Fall meine zu ihr, bin ich randvoll mit jenem Früher, das vor unserer ersten Begegnung liegt. Eigentlich, denke ich kurz, hätte ich ja zwischendurch doch einen Film aus dem umfangreichen Berlinale-Programm gucken können, anstatt hier herumzusitzen.

Hätte ich. Will ich aber nicht, stelle ich fest. Ich will an dieser Theke sitzen und stundenlang würdelos auf einen Mann, ach was, einen *Promi* warten, wie die Autogrammjäger am Hinterausgang des Hyatt.

»Würde ist blöd«, sage ich zu dem Barkeeper.

»Chast du Liebeskummer?«, fragt er sachlich.

»Ich bin mir nicht sicher, was das ist«, antworte ich wahrheitsgemäß.

»Dann chast du keinen Liebeskummer.« Er wendet sich seinem nächsten Wodka zu.

Ich sauge an meinem Strohhalm und lasse das saftlastige Mischgetränk ein wenig im Mund herumblubbern, wie ich es in jenen Bars gemacht hatte, in denen dieser Drink *Screwdriver* hieß.

Der Mann, an den ich erstaunlich lange nicht mehr gedacht habe, hat ja nie in derlei Etablissements, wie er sie nennen würde, verkehrt. Ich habe ihm auch wenig von diesen Clubs erzählt. Seine Frau an Orten wie diesen, das passte nicht in sein gut ausgeleuchtetes Selbstbild.

Bisweilen erlaube auch ich mir ein Selbstbild. Das als Janes Freundin zum Beispiel.

Der Barkeeper, er heißt Denys mit »y«, wie ich inzwischen weiß, ist unaufgefordert dazu übergegangen, mir kleine Speisen zu den Getränken zu reichen, was sicher eine gute Idee ist, weil ich heute wenig gegessen habe, fällt mir ein, während ich immer weiter in ein längst vergessenes Früher sinke.

In diesem Früher habe ich mich recht gern in Läden wie der »Pussycat Lounge« ausgezogen. Für zehn Dollar die Stunde plus Trinkgeld. Dreißig Minuten auf der Bühne und dreißig Minuten an der Bar war dort der Rhythmus des sechsstündigen Arbeitsstages. An der Bar konnte man sich zwischen den *Sets* auf Provisionsbasis Drinks ausgeben lassen, musste man aber nicht.

Es gab überhaupt vieles, das man machen konnte, aber nicht musste, je nachdem, wie verzweifelt man Geld für das Leben im damals noch ziemlich preiswerten Manhattan brauchte.

Da standen sie also, in Dreierreihen vor der unbestuhlten Theke, die sich weit in die Tiefe des schmalen Raumes erstreckte. Männer in Zweireihern mit Weste, die Krawatten gelockert, die Köpfe in den Nacken geworfen. Sie starrten, einen Humpen Bier und ein Bündel Geldscheine vor sich, hoch zu der aufgebockten, parallel zur Theke verlaufenden Bühne, auf der zwölf Mädchen in unterschiedlichen Entkleidungsstadien ihre Halbstundenschichten abtanzten.

Die waren größer und kleiner, draller und dünner, schwarz, *hispanic* oder nordisch. Manche tanzten selbstvergessen, andere gelernt sexy und wieder andere lustlos. Sie waren weitgehend unoperiert und so unterschiedlich wie die Präferenzen der Männer, die sie anstarrten.

Schönheit, das war die erste Lektion beim *Gogo-Dancing*, lag im Fetisch und der Spendierfreudigkeit der jeweils anwesenden Betrachter. Dieselbe Tänzerin, die an einem Abend ihren G-String kreisförmig mit heraufgereichten Zehn- und Zwanzigdollarscheinen garnieren konnte, tanzte am nächsten allein für ihren Stundenlohn. Weil sie für zu hübsch befunden wird. Oder für zu hässlich. Oder – am schlimmsten: für eingebildet.

Deswegen wechselte das Programm, also die Frauen, auch alle fünf Minuten. Jeweils zwei bis auf den dollarverzierten G-String nackte Tänzerinnen glitten von der Bühne herunter und strebten, die während des ersten Songs abgestreiften Kostüme vor die Brust gepresst, Richtung Garderobe. Ihre Nachfolgerinnen kletterten, knapp bekleidet, über die kleine Treppe auf die lange Bühne mit der rundum mit leuchtenden Glühbirnen eingefassten, verspiegelten Rückwand und legten los.

Geschmeidig diese Wechsel der sich entlang der Bühne verschiebenden tanzenden Belegschaft; geschmeidig die Bewegungen der Barfrauen, mit der sie die zumeist nicht leer getrunkenen Bierhumpen gegen frisch gefüllte tauschten und sich an den auf der Theke ausgelegten Dollarscheinen der mehr starrenden als trinkenden Gäste bedienten.

Die allerdings waren mir total egal gewesen, wenn ich die Kolleginnen angelächelt hatte, von denen einige zurücklächelten. Wenn ich mich über die Lieder gefreut hatte, von irgendjemandem in der Musikbox gedrückt, die eindeutig *cheesy* waren. »*Pull up to my bumper, baby …*«. Ja, genau: »*In your long black limousine*«. Und manchmal muss eine Kollegin auch lachen und manchmal sogar wir alle.

Und es gab diese Zaubersets, dreißig Minuten Lieblingslieder, peinliche und tolle, und wir vergaßen uns auf der Bühne hinter der Theke, vergaßen die Männer und deren Dollars und bewegten uns im Rhythmus eines anderen Raumes. Dann zogen wir uns an, zogen in richtige Clubs und tanzten weiter ohne Bezahlung.

Denys stellt mir wortlos einen kleinen Teller mit eingelegten Sardinen neben das halbvolle Glas, bevor er sich erneut dem Polieren der Gläser widmet.

In einem etwas späteren Früher warfen mir nicht allein Hagen, Bruno und alle anderen, die von meinem *Job* wussten, meine fehlende Verzweiflung vor, sondern am meisten ich selbst. Sich im Dienste und zum Gewinn halbseidener Geschäftemacher als Frau zu erniedrigen, konnte und durfte man, durfte ich, nicht *gern* machen. Das hatte ich, zurück in meinem behaglichen Kölner Leben, weniger gelernt als begriffen.

Als eine mit Scham und Erkenntnis über weibliche Ausbeutung angereicherte Version meiner selbst reiste ich ein weiteres Mal nach Manhattan, nicht zuletzt, um an den Ort der inzwischen als solche erkannten Ausbeutung zurückzukehren.

Siegessicher stieß ich die Tür zur »Pussycat Lounge« auf. Sie befand sich an der Greenwich Street, ein paar Blocks von der Wall Street entfernt. Es war Mittagszeit, ohnehin hatte die Bar nur tagsüber geöffnet, der Broker und Banker wegen, die abends pünktlich zu ihren Familien auf die *Upper East Side* fuhren.

Nichts hatte sich in diesem Laden verändert außer mir, die den Sieg über die Bewusstlosigkeit erlangt hatte. Jener Bewusstlosigkeit, mit der man sich dort oben als eine von zwölf Tänzerinnen rasch seiner Kleidchen oder Hemdchen oder sonstiger Oberteile, vor allem aber seiner Würde als Frau entledigte.

Mit der man sich, allen Selbstwertes entblößt, ins Blickfeld der Starrer begab. Mit der man zusammengerollte oder längs gefaltete Dollarscheine aus den spitzen Fingern der Barfrauen entgegennahm. Sie reichten sie durch, die Scheine der Männer aus der ersten bis dritten Reihe, wie Mitschüler Pfuschzettel bei Klassenarbeiten.

Da stand ich also wieder in dem Geruch von Bier und Geilheit und diversen Parfums, stand keinesfalls über mir, über meinem tanzenden, Scheine in Empfang nehmenden früheren Ich, bei meiner Rückkehr in die Welt der Schmach, die ich blöderweise einfach nicht als eine solche zu empfinden in der Lage war.

Weil ich ein ganz anders Gefühl empfand, das sich zeitgleich mit dem Zufallen der so siegessicher aufgestoßenen Tür eingestellt hatte: Glück.

Zwei große Hände legen sich von hinten auf meine Schultern: »Da bist du ja!«

Ich drehe mich um und sehe Tims Lächeln und das Grübchen auf der linken Wange.

»Das wurde aber auch Zeit. Der junge Mann hier«, ich zeige auf Denys, »versucht seit Stunden, mich sinnlos betrunken zu machen.«

Denys grinst: »Ja genau, mit Orangensaft und Snacks.«

»Schreiben sie beides bitte auf Zimmer 215.« Tim spielt mit.

»Zimmer 215 klingt nach einem guten Plan.« Ich stehe auf und streiche mir das Etro-Kleid glatt, das ein Jane-Kleid war und jetzt ein Tim-Kleid sein wird.

Ich winke Denys zum Abschied und stolpere an Tims Arm zum Aufzug.

»Und, willst du wissen, wie es ausgegangen ist?« fragt Tim und drückt auf die rote Zwei auf der Etagenanzeige.

»Alles will ich wissen«, behaupte ich und falle ihm um den Hals.

»Danke fürs Warten«, sagt er, als er die Schlüsselkarte an die Kontaktvorrichtung neben der Zimmertür hält, und wendet seinen großen Kopf zu mir.

»Bedank dich bei Jane«, murmele ich so leise, dass er es gut und gern überhören kann.

SIEBEN

Die Preise sind vergeben, die roten Teppiche abgetragen, und überall in der Stadt zeigen Kinos eine Auswahl des Berlinale-Programms der vergangenen zehn Tage. Sonntag ist Publikumstag, und die Profis ruhen sich aus.

Ich erwache mit geschlossenen Augen und muss gut geträumt haben, denn ich habe keinerlei Impuls, die Augen aufzureißen und, wie die ganze letzte Woche, in die Leere des dunklen Schlafzimmers zu starren.

Es ist auch gar nicht mehr dunkel, also kein früher Morgen. Durch die Lider dringt warmrotes Licht in meine entspannten Augen. Ich brauche eine Weile, bis ich den angenehmen Zustand mit einem Begriff versehen kann: Ich bin ausgeschlafen.

Der Tag der Entscheidung beginnt für mich erst – ich schlage die Augen auf und blicke auf den Reisewecker auf dem Nachttisch – um halb elf.

Als ich die roten Samtvorhänge aufziehe, breitet sich die Wintersonne in dem mit Kleiderhaufen, Verpackungs- und Essensresten dekorierten Schlafzimmer aus. Die Katze liegt auf dem Bett und atmet friedlich. Ich setze mich zu ihr und streichele sie behutsam.

Mein Blick schweift durch den Raum. Mit einem Mal scheint es nicht mehr vollkommen außerhalb meiner Kräfte, Ordnung zu schaffen.

Aus dem für den Mann reservierten Teil des Kleiderschranks nehme ich ein Sweatshirt und seine Badeshorts, ziehe beides an und beginne aufzuräumen. Ich falte und sauge und putze. Zuletzt ziehe ich das Bett und die Plumeaus ab. Das von Tränenkränzen gezeichnete Kopfkissen stecke ich in einen Müllsack, bevor ich mir das Badezimmer vornehme.

Als die Schuluhr zwölf schlägt, fege ich die Treppe abwärts, eine Stufe nach der anderen, bis ich im Parterre vor jener Ablage ankomme, auf der der Mann vor zehn Tagen seine Notiz platziert hatte. Die wische ich auch ab.

Mit der Berlinale endet die einseitig festgelegte Auszeit. Um 15.00, wie der Mann in seiner E-Mail vom Donnerstag netterweise präzisiert hat. Und höflich, wie es seine Art ist, fragte er, ob mir das recht sei, nachdem er mich ja zuletzt »losgelassen« habe.

Ich lese seinen disziplinierten Text ein ums andere Mal im Esszimmer am Rams-Tisch, wo sonst, und starte einen Suchlauf durch das Abc meiner Gefühle der vergangenen zehn Tage. Eines muss ich auswählen: Wähle ich D wie Dankbarkeit oder E wie Erleichterung? Oder ein ganz und gar nicht gelassenes U für Unverständnis oder doch wieder V wie Verachtung?

Bevor ich Gefühle haben kann, brauche ich einen Kaffee. Und wenn ich schon einmal in der Küche bin, kann ich auch dort gleich putzen.

Der Mann hätte es keinesfalls als Affront aufgefasst, in ein versifftes Haus zurückzukehren, sondern vermutet, meine viele Arbeit hätte mich von dem bisschen Haushalt abgehalten, und gleich selber Hand angelegt. Er macht das gern.

Auch die Einkäufe in unserem LPG-Supermarkt erfreuen ihn. Den gemeinsam verfassten Einkaufszettel packt er zu der LPG-Kundenkarte im Kreditkartenfutteral des von den vielen Karten gewölbten Portemonnaies, das wiederum seine rechte hintere Hosentasche wölbt. Seinen BMW-Kombi parkt er auf dem Kundenparkplatz, wo er in der vorderen Hosentasche nach einer Zwei-Euro-Münze für die vor der Eingangstür wartende rumänische Bettlerin fingert.

Die Bioware steht bereit, die Wägen sind groß, und der Mann ist geschickt, kann Kästen wuchten und Lasten schultern.

Wo ist das Problem? Der Mann geht einkaufen, legt Hand an im Haushalt und schmiert mir jeden Morgen Brote, wie Männer sie eben schmieren, indem er Marmelade und alles andere Schmierfähige ins Zentrum klatscht und die Ränder vernachlässigt. Der Mann kleckst, die Frau streicht aus. So oder so, der gute Wille zählt.

Mit einer Kanne voll heißem Filterkaffee kehre ich an den Esstisch zurück. Das Brot ist seit Tagen alle.

Seine fehlerfreie, ordentlich formatierte Mail ist ausgewogen im Ton und fair im Angebot. Zwischen den Zeilen lungern verworfene Versionen voll Zorn und Verzweiflung, die abzuschicken er sich nicht hat hinreißen lassen.

Er wisse nicht, ob ich noch da sein würde. Er jedenfalls sei noch da. Er hat sich auch etwas überlegt. Er will uns, er will mich, allerdings minus die Ausraster in Form meines Gebrülls und der andauernden Beleidigungen. Die, auch das schreibt er, wolle er in Zukunft keinesfalls mehr dulden. In der Zukunft, die er für uns sieht, werde ich mich zusammenreißen müssen. Andernfalls gebe es keine Zukunft.

Es gibt immer eine Zukunft.

Und immer malen wir sie in den Farben der Gegenwart. Meine Gegenwart ist sehr friedlich. Die Sonne scheint, der Kaffee dampft, das Haus ist sauber. Ich bin ganz ruhig.

Das war ich gestern bereits, als ich, vollkommen unverkatert, das Ritz Carlton verließ. In dieser Ruhe habe ich am Mittag das Interview mit Jane verfasst und mir später erspart, die Abschlussveranstaltung zu besuchen oder auch nur im Fernsehen zu verfolgen. Ohnehin wusste ich ja bereits aus erster Hand, wie sich die Jury entschieden hatte.

Ich denke, Jane kann zufrieden sein mit diesem Interview, das, so versicherte mir eine begeisterte Redakteurin nach der Lektüre, heute auf einer ganzen Seite im »Tagesspiegel am Sonntag« erscheinen werde.

Ich bin auch zufrieden und schaue auf den ungewohnt lichten Adolf-Scheidt-Platz, wo Patchworkfamilien zum Sonntagsspaziergang in Richtung Tempelhofer Feld aufbrechen.

Ich könnte beschließen, das vom Mann Unerwünschte abzuschaffen, damit er den heiteren Rest lieben kann. Heiter fühlt sich ja auch für mich gerade sehr gut an. Und war ich nicht als Kind bereits von heiterem Wesen, warum sonst hätte mein Vater mich all die Jahre »Sonnenschein« gerufen?

Und das Unerwünschte, wohin damit? In den noch nicht korrekt isolierten Keller zu Katzenklo und Bierkästen; hinter die längst weiß übermalten Holzpaneele, das Versteck für die von Pfarrer Heimersdorf zurückgelassenen Schwarzweißphotos mit den kokett gefesselten Damen; auf den ausbaufähigen Dachboden zu den von Frau Heimersdorf handbemalten Blumentöpfen?

Das Haus ist voll mit halbherzig entsorgtem Unerwünschtem, ich kann es, bei aller Heiterkeit, immer noch sehen, riechen und hören: Leichen im Keller, Kadaver im Garten, Schreie am Esstisch. Mein Geschrei an dem von mir ausgesuchten weißen Kunststofftisch, von, jawohl, Rams! Rams! Rams!

Immer wieder zugeheult habe ich auch diesen Tisch aus praktischem weißem Kunststoff, von dem sich Tränen so problemlos abwischen lassen wie Spermaflecken von der Aluminiumverkleidung der Verrichtungsboxen an den Ausfallstraßen von Köln-Longerich.

Das Haus können wir trockenlegen. Ausbuddeln, isolieren und wieder zuschütten, wie es alle in der Siedlung machen oder machen werden, weil hier alle machen, was alle machen oder machen werden. Da könnte mein im Laufe der vergangenen 20 Monate auf den Daunen, Dielen, Kissen und den Pullovern des Mannes hinterlassenes Rotz und Wasser gleich mit trockenlegt werden. Und zwar final, wie der Rettungsschuss.

Es ist nicht seine Schuld, wenn er dummes Zeug schreibt von wegen Junktim und Sanktionen. Schuld sind immer die Worte. Sie verfehlen uns. Wir verfehlen uns mittels ihrer.

Friede den Körpern, Krieg dem Gebrüll, lautet seine Parole. Der Körper jedoch hat sich aufgelöst. Er ist Imperativ geworden: Reiß dich zusammen!

Mache ich, habe ich. Alles gut. Die Sonne scheint. Das Eis schmilzt. Ich stehe auf, ziehe mir etwas *Anständiges* an und gehe raus, um Brötchen und die Zeitung zu kaufen.

Es ist wirklich schön draußen in der sonnenbeschienenen Winterluft im Fliegerviertel, wo die Erben der NPD wählenden Kurzhaardackelbesitzer ihre altersschwachen Eltern zugunsten halbwegs betuchter Käufer mit oder ohne Kinderwunsch in weit entfernte Altersheime entsorgen. Wie Frau Heimersdorf entsorgt wurde aus dieser fest in deutscher Hand liegenden Siedlung.

Ja, alles so schön deutsch hier. Einzig der Kiosk mit Backwaren und Zeitungen am Rumeyplan, schräg gegenüber vom

Altenheim »Mireille Mathieu«, den ich jetzt betrete, wird von einer türkischen Familie betrieben.

Der Verkaufsraum ist viel zu groß für das begrenzte Angebot, das machen auch ein paar Stehtische und die beiden Kühlschränke voll alkoholfreier Getränke nicht wett. Vielleicht fehlt eine Schanklizenz, vielleicht die Toiletten, vielleicht die Lust der türkischen Familie, den deutschen Kunden mehr zu bieten als vor Ort aufgebackene Brötchen und auf zwei Theken aufgefächerte Tageszeitungen und Wochenmagazine.

Freundlich füllt das Ehepaar Akyün die logofreien Papiertüten mit Backwerk, rechnet murmelnd die Beträge zusammen und steckt jedem Kunden ein helles Brötchen als Geschenk zu der allgemein bevorzugten Vollkornware.

Die Schlange vor der Brötchentheke ist lang. Ich greife nach dem »Tagesspiegel« und blättere ihn an einem der Stehtische durch. Da, Feuilleton-Aufmacher Jane: »Glamour ist die Politur, mit der wir die Kratzer auf unserer Seele überdecken«.

Der Satz ist so verschwurbelt, den mussten sie als Titel nehmen. Das große, mittig platzierte Photo von Jane scheint auf dem Filmfestival in Cannes aufgenommen zu sein, als sie den Juryvorsitz innehatte. Sie trägt eine Sonnenbrille, hinter ihr das Meer. Na also. Ihre Worte wurden in Tempelhof geformt, ihr Bild an der Cote d'Azur geknipst. Nichts verbindet dieses Interview mit unserer Begegnung im Hotel Concorde, mit der auch ich nichts mehr verbinde.

Ich bestelle zwei Körnerbrötchen zum Tagesspiegel, die Tüte schließt nur knapp über dem geschenkten dritten, zahle und verlasse den Kiosk.

Es gibt Stellen in der Siedlung, hier am Rumeyplan etwa, da spürt man anstelle des Muffs vergangener Jahrzehnte die

Weite des ein paar Hundert Meter außer Sichtweite gelegenen ehemaligen Flugfeldes.

Ich laufe diesem Feld entgegen, das laut den am Eingangsbereich platzierten Tafeln mit den vielen Verboten »Tempelhofer Freiheit« heißt, und ja, der sich bis Neukölln weitende Himmel eröffnet wirklich ein Stück Freiheit, mindestens einen Freiraum. Linker Hand wölbt sich ein Gebäudeblock in die Fläche hinein, die genau das ist, reine Fläche, ihres Sinns enthoben, ihres Zwecks beraubt.

Retardierender Raum – noch weiß niemand, wie diese Leere zu füllen sein wird, ob sie genau das bleiben kann, eine Leere, die eine Weite sein könnte. Ein unbehauster, ein unwirklicher Ort, dieses Feld, dessen Freiheit im Grunde nur ein Vorbei buchstabiert: Tschüss, Flugzeuge!

Wir haben eine Art-déco-Lampe in Form eines alten Doppeldeckers auf der linken Fensterbank im Esszimmer stehen, die in Richtung dieser Brache weist. Ein Fenster, das kein Doppelglas bräuchte, weil kein Fluglärm es länger erzittern lässt. Diese in ihrer naheliegenden Tempelhofer Analogie gefangene Lampe hatte ich lange Jahre zuvor von einem ganz anderen Mann, der auf deutlich schmerzfreiere Weise ein falscher war, geschenkt bekommen.

Falsch, richtig – was für eine unsinnige Weise, ein Missverständnis auf einen Begriff zu bringen. Damals passte die Lampe zu nichts und war bloß teuer. Auf die Fensterbank am Adi, der seinerseits nah am Flugfeld gebaut ist, auf dem diese Doppeldecker einst landeten, scheint sie zu passen. Wenn auch nur als müder Fingerzeig auf das Vergangene der Flugzeuge, der Männer und der Erinnerungen, die sie hinterlassen. Kein Wunder, dass allein die Zukunft lockt.

Ich kehre um und gehe nach Hause.

»Ein Leben voller Wunder ist ein wundervolles Leben«. Wo habe ich sie gleich wieder stehen, die Kerze, die Herr Wollstein mir vor Jahren geschenkt hat?

Ich steige die abgetretenen Stufen der sorgsam gefegten Holztreppe hinauf, die beide, Frau Heimersdorf und die Katze hinuntergefallen sind. Eine stürzende Katze, das muss man erst einmal hinkriegen. Der Adi, diese Stolperfalle, hat das hingekriegt.

Nach einigem Suchen finde ich die Kerze in der linken Schublade unter dem Waschbecken aus grünem Glas, blitzblank wie alles im frisch geputzten, leuchtend rot gekachelten Bad.

Ich zünde die Kerze an und stelle sie neben den Rechner mit der Mail des Mannes, die ich nicht beantwortet habe, und den Tagesspiegel mit dem aufgeschlagenen Feuilleton.

»Mutter & Sohn« hat den Goldenen und Tanovics »Aus dem Leben eines Schrottsammlers« den Silbernen Bären gewonnen, wird dort vermeldet. Gleich zweimal wurde sie also prämiert, die Anatomie des Abstieges, der Rest vom Fest des Ostblocks.

Ich trete durch die geöffneten Schiebetüren ins Wohnzimmer, schalte den Leuchtglobus an und streiche die Polster des Samtsofas glatt. Zur Feier des Tages zupfe ich ein wenig an den Gardinen herum, die zehn Tage unberührt geblieben sind.

Im Garten eilt ein Eichhörnchen den Stamm unseres entblätterten Birnbaumes hoch. Ein paar Senioren schwanken über die Bräuning-Promenade Richtung Altenheim.

Mein Handy liegt auf dem Sofatisch neben dem kleinen Stapel Sachbücher, die der Mann zuletzt gelesen hat. Es werden keine Anrufe in Abwesenheit angezeigt. Ich öffne die Liste mit den Kontakten und habe gerade eine ausführliche SMS eingegeben, als es an der Tür klingelt.

Ich drücke auf Senden und schaue nach der Uhrzeit: 14:30. Der Mann würde nicht zu früh kommen, und er würde nicht klingeln, sondern die Tür aufschließen und »Hallo« rufen.

Den ernsten jungen Mann mit den Manga-Augen kenne ich nicht, mit der Dame im Lodenmantel jedoch habe ich schon einmal Kaffee getrunken. Ob sie hereinkommen dürfen? Sie lächelt zuversichtlich. Ihr Begleiter schaut mich ausdruckslos an. Er macht das nicht gern.

»Aber ja«, sage ich und bitte sie ins Wohnzimmer. »Nehmen Sie doch Platz. Ich mache Ihnen einen Kaffee.«

Beide setzen sich, mit großem Abstand voneinander, an den vorderen Rand des Sofas. Der junge Mann stellt den Kopf schräg und liest begierig die Titel auf den Buchrücken.

»Sie können sich die Bücher gern anschauen«, sage ich und gehe, bevor ich mich in der Küche dem Kaffee widme, rasch aufs Gästeklo, wo ich den »Wachtturm« vom letzten Besuch unter die Badematte »Kleine Wolke« schiebe.

Als ich mit dem Tablett zurückkehre, blättert der junge Mann in Adam Smiths »Theorie der ethischen Gefühle«. Seine Begleiterin hat einen Stapel neuer »Wachttürme« aus ihrem Stoffbeutel gezogen und sich auf den Schoß gelegt. Beide schweigen.

»Hören Sie, ich würde mich gern mit Ihnen unterhalten, aber ich muss gleich los und müsste vorher noch ein paar Sachen packen. Kann ich Sie einen Moment allein lassen?«

Ich laufe die Treppen hoch in den zweiten Stock und werfe im Ankleidezimmer Kleider, Wäsche und zwei Paar Schuhe in meine Reisetasche. Einen Stock tiefer mache ich im Bad dasselbe mit den Toilettenartikeln. Vor der Schlafzimmertür überlege ich kurz, ob ich der Katze einen kleinen Kuss geben soll. Ich lasse es und gehe hinunter ins Esszimmer. Dort puste ich Herrn Wollsteins Kerze aus, klappe den Rechner zu und stelle beides zu meiner Tasche.

Die Frau hält die Kaffeetasse mitsamt Untertasse über dem Schoß mit den Wachttürmen. Der junge Mann liest mit äußerster Konzentration. Er hält das Buch so nah vor das Gesicht, dass seine Nase beinahe die Seiten berührt.

»Also, wie gesagt, ich muss los. Aber mein Mann kommt gleich, und dann können Sie ja mit ihm sprechen. Na dann – fühlen Sie sich wie zu Hause. Die Toilette ist links im Flur, für alle Fälle.«

An der Haltestelle auf der gegenüberliegenden Straßenseite wartet eine Mutter mit UGG-Boots und Lammfellmantel auf den Bus. Die langen, roten Haare hat sie zu einem achtlosen Dutt gezwirbelt. Ich bilde mir ein, sie schon einmal gesehen zu haben, allerdings nicht in diesem Viertel. Ihre Kinder, ein Junge und ein Mädchen, die ich auf sieben und acht Jahre schätze, hüpfen um das abgeschaltete Brünnlein herum.

»Drei Minuten«, sagt sie freundlich, als ich mich anschicke, den Fahrplan zu entziffern.

Ich setze mich, nehme Herrn Wollsteins noch warme Kerze aus der Tasche und atme ihren Duft ein: Hyazinthe. Die Fassade ist wirklich ziemlich scheußlich, denke ich beim Blick auf das Haus, in dessen rechtem Esszimmerfenster sich der Umriss der Fliegerlampe vor den blaugoldenen Gardinen abzeichnet.

Als der Bus der Linie 248 mit der Anzeige »Ostbahnhof« die

Haltestelle anfährt, vibriert mein Handy und zeigt eine neue Nachricht an: »Klar kannst du bei mir pennen«, lautet Sarahs Antwort.

Ich lasse der Mutter und den beiden Kindern den Vortritt, dann steige ich in den Bus ein, kaufe eine Fahrkarte und stelle mich vor die letzte Sitzreihe.

Durch das Rückfenster sehe ich zu, wie der von den letzten Strahlen der Wintersonne vergoldete Adolf-Scheidt-Platz immer kleiner wird, bis die Manfred-von-Richthofen Straße eine sanfte Kurve nimmt und er ganz aus meinem Blickfeld verschwindet.

MIX
Papier aus verantwortungsvollen Quellen
FSC® C083411

ISBN 978-3-351-05037-5

Blumenbar ist eine Marke der Aufbau Verlag GmbH & Co. KG

1. Auflage 2017

Gestaltung Vor- und Nachsatz Studio Grau, Berlin
Einbandgestaltung Studio Grau, Berlin
Gesetzt aus der Dolly durch Greiner & Reichel, Köln
Druck und Binden CPI books GmbH, Leck, Germany
Printed in Germany

www.aufbau-verlag.de
www.blumenbar.de

B

Blumenbar

Willkommen im Club